突 破 认 知 的 边 界

包利民 著

永远年轻，永远热泪盈眶

光明日报出版社

图书在版编目（CIP）数据

永远年轻，永远热泪盈眶 / 包利民著. -- 北京：光明日报出版社，2023.9
ISBN 978-7-5194-7465-2

Ⅰ.①永… Ⅱ.①包… Ⅲ.①散文集—中国—当代 Ⅳ.①I267

中国国家版本馆 CIP 数据核字 (2023) 第 174360 号

永远年轻，永远热泪盈眶
YONGYUAN NIANQING, YONGYUAN RELEI YINGKUANG

著　　者：包利民	
责任编辑：谢　香　孙　展	责任校对：徐　蔚
封面设计：田　松	责任印制：曹　净

出版发行：光明日报出版社
地　　址：北京市西城区永安路 106 号，100050
电　　话：010-63169890（咨询），010-63131930（邮购）
传　　真：010-63131930
网　　址：http://book.gmw.cn
E – mail：gmrbcbs@gmw.cn
法律顾问：北京兰台律师事务所龚柳方律师
印　　刷：天津鑫旭阳印刷有限公司
装　　订：天津鑫旭阳印刷有限公司
本书如有破损、缺页、装订错误，请与本社联系调换，电话：010-63131930

开　　本：146mm×210mm	印　张：8.5

字　　数：160 千字
版　　次：2023 年 9 月第 1 版
印　　次：2023 年 9 月第 1 次印刷
书　　号：ISBN 978-7-5194-7465-2
定　　价：49.80 元

版权所有　翻印必究

目录

第一辑
风吹片云，心静如花

002　青山明月不曾空

005　低头见花

007　拈花惹草

011　风吹片云，心静如花

014　栖雪

018　春风过敝庐

021　知秋

024　那样的夏日午后

027　月亮地

030　心有斑斓景自春

033　鸡犬之声相闻

037　我们都曾生活在没有诗的年代

041　幽独

1

第二辑

蓬勃生活在此时此刻

044 半河流水半河冰

047 恣意的生命是一种蓬勃

051 创造生活

053 燃烧

056 追赶星辰的人

059 时光茂盛

062 一头猪的命运

065 吾厚吾德

067 昔日含红复含紫

070 谢谢你路过我的成长

075 阅世长松下

078 远去如花

081 如果重来,依然如此

085 遗憾是回想的空间

第三辑

回归平凡的事物

088 满园岁月香

092 夜雪的声音

095 我的青春是一条街

098 六月絮飞

101 听冷

104 雨痕

107 夜人

111 年的活色生香

114 一场雾的落与散之间

118 正月

121 小寒

124 大葱的花

126 一溪云

第四辑

美是一种召唤

130 帘幕垂,幽梦远

133 爱的时差

136 月亮在敲门

139 隔一丛花,看一朵云

142 心中书卷,眼底风光

145 一面风情深有韵

149 这个午后,想起一些美好的词

154 树不能走,鸟自飞来

157 凝望一棵树

160 青青园中葵

162 南枝

165 院中有树,墙下生草

168 日长篱落无人过

第五辑

直到身上落满时光

172　一枕乡音梦里听

175　门前的树叶黄了

178　母爱是一根针

181　只剩故事

184　过尽飞鸿字字愁

187　故乡的标点

190　那一声声叹息与呼唤

194　花朵碰落光阴

202　有些成为回忆，有些则被忘却

206　烟火可亲

210　倦归

213　你是我无法抵达的远方

216　小径

第六辑

走得越远，离童年越近

220 单车斜阳

223 枕头是梦的摇篮

226 照片里的流年

229 看银幕反面的年代

232 燕子归来寻旧垒

236 写在塑料皮日记里的青春

239 黑白间的无穷色彩

242 如月圆，如桂香

245 炕席托起的童年美梦

248 玻璃球是童年的眸

251 弹弓射飞的时光

255 掸尽尘埃独自闲

258 草帽挂在墙上

第一辑

风吹片云，心静如花

如果让心如那些花儿般自在开谢，
那么就算希望起起落落，也是一个美丽的过程，
而朝风夕云，更是一种悠远的点缀。
如此，就算不能做到去留无意、宠辱不惊，
也会让每一天的生活都变换着无尽的情趣。
所有的烦恼忧虑，亦会如天上的云，在风中逝去无痕。

青山明月不曾空

就在某个刹那,月亮冲过山头,眼前豁然一亮,而心中也是一畅,那些郁积着的,纠缠着的,挣扎着的,便忽然风流云散。

走上那条很缓的山路,虽然已是很深很深的秋,虽然空气中流动着凉意,可是成群的松树依然青青地站立,暮色也开始温柔地拥上来。刚刚转过一个弯,偶然抬头,就与月光撞了个满怀。

那么大那么圆的一轮黄月刚刚爬过山顶,正踩在高处的树梢上,静静地凝望着空山孤影。我的影子被月光唤出来了,形影之间,却没有寂寞。心里是满溢着的喜悦,虽然并没有发生什么大喜之事,可在这样大的月亮底下,那种喜悦却是情不自禁地随着月光流淌。那是来自生命最原始处的满足,朴素而美好,就像童年简单的快乐。

童年的月亮没有这么大,可能是大平原上没有山的衬托。和几个伙伴站在我家房后的土路旁,头顶上是一轮明月,很圆。那时的空气那么清澈,清澈到可以清晰地看见月亮中的环形山。我们欣喜无比,说着那是桂树,说着嫦娥。无忧的岁月,如水的月光,心里盎然着的,是期待,是憧憬。而在山中的此刻,心底的宁静却是历经世事沧桑后的超然,就像流水走过了曲曲弯弯,走到了最平缓的一段。

大平原上的小小村庄,生长着我所有的梦。当年的我,总喜欢站在故园的院子里,眺望村南无边无际的大草甸。天气晴好的时候,可以看见更远处松花江上的船影。而东南的方向,在松花江的南岸不知多远处,是一簇高大的山影。不知那是什么山,阳光下是淡青色的,没有一棵树,是一座石头山。所以那时候,看书上说的青山,我以为就是这样的山。看着远山总会有幻想,平原上的孩子没有见过山,我们村的孩子是幸运的。只是从来没想过,二十年后,我会身处群山环绕之中。小兴安岭的原始森林让我终于明白,什么样的山才叫青山。

只是,当时也只是给我视觉上的震撼,山岭还未曾走进心里。因为那时,我的心里满是失落,就算是再绚烂的山色,也不能点染暗淡的心境。那时的黄昏,我也是这样,一个人走上一条山路,心情却是迥然。秋天,也会遇见月亮,就踩着一地凄凉的月光,踩着一地落叶的叹息。漫长的冬天更不用说,身内身外的冷,把心情全都冻结。即使是花月春风,即使是满山苍翠,在我的眼中心底,也都如匆匆路过的风景,看得见落幕后的凄清。

就这样走了多少年,才又走回了心底的平和。并不是当初那一次的失落使然,而是在这熙攘的尘世间,<u>在现实与梦想的碰撞中,总是让自己的坚持一次次的面目全非,总是在一次次的抗拒里,让前路迷茫,后路成渊。</u>

记不清是哪个日子了,从山顶下来的时候,夜色已经弥漫开来,我小心翼翼地走在黑暗的山路上,周围的林木凝固着一种沉重。就在某个刹那,月亮冲过山头,眼前豁然一亮,而心中也是一畅,那些郁积着的、纠缠着的、挣扎着的,便忽然风流云散。原以为要经历怎样的煎熬和感悟之后,才会放开看淡,没想到只是在月亮出来的一瞬,只是在山间闲行的一瞬,一切就都不一样了。或许我一直在领悟的过程中,这个过程注定是磕磕绊绊的,积累到一个顶点,便被突然的月光将一切打破。心里柔柔软软,感受着草木之微,都是生动无比。

多可笑啊,走了那么多的弯路,最后又回到了类似童年的月亮底下。多可笑啊,我曾为那么多微不足道的得失而方寸大乱。最珍贵的一直都在,如这明月,如这青山,可我却一直视而不见,或者见而无感。多好啊,就算我失去了更多,可是青山明月都在,那我也是富足的吧!那就轻轻松松地走吧,不管走到怎样的境地,回眸之间,总有美好相伴。

就像此刻,我轻轻松松地走在那条很缓的山路上,足音敲响空山,月亮跟着我,一直走向心底的眷恋。

低头见花

只是一低头的刹那，见谷间丛丛簇簇的灿烂，那些幽幽的花儿，就在这样不期然的时刻，与我的目光猝然相逢。

有些东西，只有低下头来，才会发现它的存在，或者它的美丽。就如尘埃之中，那些被忽略的闪光之珠，又似回首时，眷恋着的，总是那些不经意间走过的寻常点滴。

在夏日的山岭间攀爬，至顶，四望都是起伏峰峦，长风浩荡，单调的苍凉与沧桑漫卷心头。只是一低头的刹那，见谷间丛丛簇簇的灿烂，那些幽幽的花儿，就在这样不期然的时刻，与我的目光猝然相逢。于是，高处的寂寞与孤独消于无形，那些年年开且落的幽谷之花，把一种心绪点亮，把一种感动暗放。

有的人有高处不胜寒的喟叹，他们过多地注目于自身的高度，从而错过了许多开在尘埃里的花。可那些在低处默默存在着的事物，却是无比宽容，它们就在那里，我们只要低下头，就会与美好相遇，它们就会给我们带来一种全新的心境。

有一年去一个大草原的深处，碧草连天，极远极淡处，天之蓝与草之绿交融于一处。驰心骋怀间，为无边的绿而震撼，也为其无涯而感到怅然。此情此景之中，极想看到一点别的色彩，来缓冲那种万里的单一。同行的旅伴忽然惊喜地叫："看，脚下的草里有花！"于是大家纷纷低头，只见那些狭长的草叶间，生长着一种不知名的小花，没有指甲大，黄白两色，此时却是如此地装点着我们的眼睛和心灵。

而更多的人，更像那些深谷之中或草叶之下的小小花朵，终其一生的平凡，毫不张扬，湮没于芸芸众生之中。可是，我们却很少有人抱怨，其实也并没有什么好抱怨的，只要能努力开出自己的花，即使再小、再素淡，也是芬芳美丽的一朵，也会在某个时间，落入别人惊喜的眼中。如此，就足够了。就算无人用温柔的目光把那些花儿轻抚，只要绽放过，就无悔。

每一个生命都是一朵花儿，每一个生命也都是一个赏花者。我们在行走的匆匆里，不忘时常低头去看那些花朵的美丽，同时也努力让自己的生命芬芳四溢，期待在某天，映亮一双落寞的眼睛。

相互洇染，相互温暖。我们与那些花儿的距离，我们与那些美好的距离，其实只隔着一低头的空间，只隔着一低头的瞬间。

拈花惹草

枕着这样的枕头，就像躺在秋天的旷野上，据说还有安神的功效。

向来对于花花草草了解得很少，在遇见一些花草时，经常叫不出名字，只是觉得它们美丽。对于那些养花种草的人，特别是男人，很是钦羡他们那份悠然的心境，日子闲且美。而我之于花草，或者花草之于我，都是过客，偶尔的相逢，就已是难得的缘分。

在乡下出生长大，每到春夏，家家户户的房前屋后，都会开着许多花，最常见的就是扫帚梅。扫帚梅丛丛簇簇的，而且生命力顽强，一经种下便年年生长。它们会长得很高，每一株开出的花都很多，而且花的颜色各异，非常赏心悦目。少年的我经常在傍晚的时候，坐在门前矮矮的土墙上，双腿悠荡着，看着那些扫帚梅在长长的风里摇曳生姿。斜阳在天地间奔跑，给花丛又染上了一层温暖的色彩。

扫帚梅，很土的名字，也许就是因为它太过平凡。多年以后，我才在偶然看书时知道，在青藏高原上，扫帚梅被称为格桑花。格桑，在藏语中是"美好时光""幸福"的意思，当平凡的扫帚梅变成高贵的幸福花，在世人眼中的形象虽然没有什么变化，可是那种精神却迥然。花犹如此，人何以堪？有时候，生长的环境的确很重要。只是我们无法选择生长的环境，那么就像花儿一样吧，不管在高原还是平原，不管高贵还是平凡，努力地年年开放就是了。

那时，真正的春花，似乎只见过杏花和樱桃花。邻家的菜园里有一棵很大的杏树，春天的时候，未叶先花，粉红的花朵攒攒簇簇地盛开着，一树明艳。而我家的园子里，是一株还很年轻的樱桃树，起初的好几年都没开花结果，后来有一年开始开少许的花，很洁白的小花，和邻园的满树灿烂相比，像个清纯的小学生。我非常喜欢这些开在树上的花，觉得树花更具有另一种魅力。后来搬进城里，住在城市边缘的一个平房里，房后有三棵樱桃树，它们春天的时候开花就极多，而且花朵不是白的，而是带着极浅淡的粉，便显得妩媚了许多。没事的时候，我就伏在北窗台上，看着那三树花，一直看到风都倦了，太阳都落了。

树花谢了之后，当叶子一片青青时，菜园里就会陆续地开出一些花来，那些花大多不起眼儿，却也颇具情趣。在架子上探头探脑的黄色的黄瓜花，淡紫的茄子花，匍匐在地上的倭瓜花，在蔓上攀爬的豆角花，虽然都是那么平凡，可我很愿意看它们。仿佛那份平凡中有着一种力量，因此才会有了满园飘香的果蔬。

在城市边缘的小院里，就再也见不到那些小花了，母亲在院子里开了一小块花圃，栽种了许多花，万年红、土豆花什么的，扫帚梅却没有了,还有很多花我当时记得名字,现在已然忘却。那些花儿把小院点缀得极为幽静,可即使如此,我依然强烈地思念故乡的村庄,思念故园里的花草。可是当有一天,我远离了故乡的小城时,城市边缘曾经的家便夜夜入梦。那个蝴蝶扇一次翅膀就能穿越的小小院落,我的心却一直走不出去。

转进新的学校上学,我坐在教室最后一排,靠窗,经常听着课就会走神。目光偷偷溜出窗外,墙角处,有一丛草特别茂盛,它总是唤起我的回忆,让我从这一丛草中,仿佛看到了村南那片无边无际的大草甸。

我们对于草的接触比花儿要多,村南的大草甸是探索不尽的乐园。我们总是奔跑于其中,追着低飞的鸟儿,或者捉蚂蚱,细细地在草丛里翻找鹌鹑蛋或者野鸭蛋,有时候累了就躺在草地上,任草叶轻拂脸颊。早晨的时候,走在草甸里细细的小路上,草上的露珠就在霞光中闪烁,然后露珠们就被调皮的风从草叶上撞落。秋天的时候,跟随着大人去草甸深处割苫房草。那种草的茎极细且中空,晒干切齐,金灿灿地苫在房顶,所以我们的房子叫草房。我们生活在草的庇护之下,家里总有着草原的气息。

我最喜欢小河的浅水边生长的蒲草,大多是香蒲,它们高高的,叶子狭长,一根根淡褐色的蒲棒直直地指着天空,我们经常涉水去折那些蒲棒玩儿。据说香蒲的蒲棒能吃,可是我们谁也不敢尝试。老人们会挑拣一些蒲叶回去编成扇子,动摇之间,香风满怀。后来在书里看到,这种蒲棒似乎又叫水蜡烛,很形象的感觉。只是多年以后，当它只能在记忆里出现时，才发现那些水蜡烛虽然遥远，却一直点亮着美好的眷恋。

秋天的时候，我还总和家人去村西的草地上，采一种叫"洋铁叶"的草，它们已经枯黄，采回来填枕头。枕着这样的枕头，就像躺在秋天的旷野上，据说还有安神的功效。离开故乡后，就再也没有枕过那样的枕头了，也再没有了如在故乡怀里那样的酣眠。

有一天在铁道边散步，忽然就邂逅了几朵喇叭花，便想起曾经的故园里，那面墙上，每一年都会爬满喇叭花。现在想来，那些在遥远处盛开的花朵，朵朵都是呼唤的形状。

风吹片云，心静如花

目光追逐着长风，看它将天上的一片片云吹得任意西东。那一瞬间，阳光洒落在身上，一种久违的感动，就像与记忆中的所有美好重逢。

许许多多的日子，我东奔西走，忙忙碌碌。起初觉得这样的生活很充实，可是在那些无眠的夜里，便会体会到一种深入心灵的疲惫。回首，为之奔劳的一切，仿佛瞬间失去了意义。常常自问，内心究竟是梦想着一种什么样的生活，便想起多年前，独自坐在大学图书馆后的台阶上，夕阳将眼前的树涂抹得熠熠生辉，清风轻翻脚前的书。那样的情景几度入梦，似是遥远得不可碰触。

原来，只是想要一种安然的生活，那是一种心境上的恬淡，想拥有那样的一扇小窗，坐拥流年，岁月静美。如此简单的生活，却是离我那样遥远。有那样的一扇窗，也有一窗明月，却是照耀着无尽的沧桑。一颗倦倦的心，无法与那一轮皎皎的月辉映。

在初夏的一天，我回故乡扫墓，流连于故土的芬芳，便多停留了几日。住在叔叔家的老房子里，抬眼可见斑驳的院墙，仿佛剥尽岁月的风迹霜痕,看见童年的我,留恋惊喜于墙上的每一棵细草。一个午后,我一个人坐在窗台上,望向远方,一剪山影淡淡,野甸无边无际。而南园中的杏树,粉色的花正开得一片深情。目光追逐着长风,看它将天上的一片片云吹得任意西东。那一瞬间,阳光洒落在身上,一种久违的感动,就像与记忆中的所有美好重逢。

回到城市的喧嚣,乡村的气息早遗落在漫漫的来路上,再度为汹涌而来的日复一日所困囿,就像从梦里走回梦外,却是没有比梦更遥远的地方了。对面的平房院落里,那些开着的丁香已飘落大半。有一天从院前经过,院门敞开着,看着那些飘出院子的花朵,忽然想起,许久以前,那时还是不谙世事的学生,为了心里的梦想,去寻那些五瓣丁香,只因都说五瓣丁香能给人带来好运。于是冲动穿透时光的阴霾,便俯身去细看那些花朵,期望着一份久远的惊喜。

久寻不遇之际,一个声音从身后响起:"你在找五瓣丁香吧,给你,我找到好多!"回头,不知何时,一个摇着轮椅的女孩从院里出来,拿着几朵丁香花,脸上洋溢着灿烂的笑。那一刻,我仿佛看到了少年时,邻家女孩在花树下静静的笑容。

和这个残疾女孩熟悉以后,知道在她近二十年的生命中,一直是生活在轮椅上的。她也曾消沉绝望过,可是终于走了过来。每天每天,她就坐在院子里,就像这个春夏之交,看着天上风走云来,看院中花开花落,一切都无比的宁静。一如她心里的希望，在这种美好的氛围中，悄悄生根，缓缓盛开。她对我说："其实你们也没有必要为世事的奔忙而感到厌倦疲惫，我就很羡慕你们呀，如果我可以像你们一样自由奔走，就会很开心。我觉得，就是和心情有关吧，只要心里安静了，再繁忙的生活也会充满意义，也不会感觉累。"

心中有了一种无言的感动。长久以来，真的是忽略了自己的心境。如果让心如那些花儿般自在开谢，那么就算希望起起落落，也是一个美丽的过程，而朝风夕云，更是一种悠远的点缀。如此，就算不能做到去留无意、宠辱不惊，也会让每一天的生活都变换着无尽的情趣。所有的烦恼忧虑，亦会如天上的云，在风中逝去无痕。那么，再苦累再劳碌的生活，也只是心中花儿盛开的背景，也是让生命灿烂绽放的厚重土壤。

栖雪

寒冷是困围不住我们这些孩子的，我们奔跑在雪野上，呼出大团大团的白气。

记忆中的第一场雪紧拥着童年，就像是一个圣洁的开始，牢牢地占据着岁月的一端。我还记得，当黑色的眼睛与白色的雪相遇时的欢喜心情。我家低矮的草房，整个村庄，都躲进了雪的怀里，温柔地沉默着。

雪紧跟着季节的脚步，走过时间的风，走过清亮的目光，一生都走在通往消融的路上。雪以最美的姿态莅临，把秋留下来的荒芜和萧瑟悄悄覆盖，忠诚地守护着村庄的秘密。当春天的手把冬的一页翻过去时，那些秘密便苏醒了，农田的欢欣，河流的笑声，候鸟的歌唱，人们的忙碌，大地的生机，一一铺展成活色生香的眷恋。

每一年都有近半年的时间与雪纠缠着，所以，雪也占据了我半生的时光。许是生命中的雪太多了，就渐渐地被忽视，成为一种背景，而在这背景中生长着的，似乎才是吸引人目光的。"前村深雪里，昨夜一枝开"，每当读这首诗的时候，我便想，除了那枝早绽的梅，会有人注意到深深的雪吗？老家的大平原上，没有梅花，甚至连松柏都少见，冬天是素淡的，可是单调的雪，却总是在回望里有着意想不到的斑斓。或许斑斓的并不是雪，而是一种心情，一种情感。

冬天的雪不会败在阳光下，雪和阳光反而融洽和睦，辉映成一种能指引回忆的光。寒冷是困囿不住我们这些孩子的，我们奔跑在雪野上，呼出大团大团的白气。在这天地间灵动着的，除了我们，除了跟着我们的狗，还有忽栖忽飞的成群的麻雀。雪宽容地忍受着我们的践踏，我们很难在雪地上留下可以度过整个冬天的足迹，就像在一张经常笑的脸上，很难留下长久的泪痕。

其实我并不是如何喜欢雪，只觉得它是一种很自然的相伴，就像檐下的燕子，就像满地的庄稼，就像穿堂而过的夏天的风，就像身边的亲人。那时更是不懂诗词，不知道和雪有关的意境，哪怕是一夜的暴雪过后早晨推不开门，哪怕是面对茫无边际的雪原，哪怕是看着大片的雪花纷纷扑落下来，我也只是惊叹一句，好大的雪啊！

不过雪确实给了我们很多的乐趣，就像那个阳光淡淡的下午，我在南园扫出一小块空地，撒上粮食，支上圆笸箩，拴上长绳，躲在墙后等着自投罗网的麻雀。那份渗透着希望的等待，早已稀释了寒冷。只是那个下午运气特别不好，连脚下的雪都忍不住呻吟了，却依然没有麻雀落进去。麻雀们穿着厚厚的袄，站在高高的杨树枝上，或飞上墙头，或落在院子里，倏聚倏散，对我的陷阱视而不见。阳光不知何时隐去，最后一丝耐心耗尽的时候，开始飘起大雪来，我便扔了手中的长绳，跑回房，坐在滚热的炕头上，抚着酣眠的猫，看大朵大朵的雪花争抢着扒着窗子往屋里窥视。

这时候房门开了，寒风拥着父亲走进来，还有趁隙而入的雪花。父亲一边扑打着赖在身上的雪，一边笑着说："又赶上一场大雪……"风雪没能阻住父亲奔忙的身影，他可能是在那条路上留下过最多脚印的人，虽然那些脚印被新的雪覆盖，被岁月的尘埃覆盖，但在我的心底却从不曾消散。就像父亲进门的笑声，每一次都轻易地温暖了许多心情。隔窗望出去，风和密集的雪花已回旋成天地间的浓雾，把目光纷纷搅碎。有时候雪还会跑进院子，猪圈、鸡鸭鹅舍、狗窝都被雪掩埋着，只剩下一个出口。禽畜们悄无声息，只有花狗摇着尾巴钻出来，眯着眼在我身前身后乱转。

在这个巨大的冬天，在每一个巨大的冬天，村庄、人们、院子里的精灵们，都在与雪相依共存。不是这一切离不开雪，而是雪离不开这一切。只有时间是固执的，它一次次打败了执着的雪。我承认我并不是离不开雪，可我也必须承认，雪赋予了我一种不一样的生活，一种无可替代、不可复制的心境。所以，即使有一天离开了雪国，也离不开那种心境。

那场雪也许是夜里停的，早晨的时候，我踩着一地的光和雪，踩着禽畜们的脚印去南园。我的那个陷阱还是完好的，圆筐笸下的雪极少,仔细翻看,那些我撒下的粮食却不翼而飞。几十只麻雀蹲在高高的积雪的枝上,歪着头不停地嘲笑。阳光把我的影子扔进雪的怀里,我和大地紧紧相偎。

就像今天,走在一片清泠之中,一直飘着的雪,给我捎来了遥远的消息。原来,岁月深处的那一场雪,就如那群麻雀偷走粮食一般,已不知不觉偷走了我半世的光阴。

春风过敝庐

特别喜欢和煦那种感受,和野外浩荡的风给人的感受不同,和风入户仿若故友重逢。

立春之后的很长一段时间里,人们是感觉不到春天的。风依然呼啸着,雪依然飞舞着,小孩们也依然穿戴着厚棉袄、厚棉裤、厚棉帽,在正月的风雪中奔跑,在二月的大地上嬉闹。如果说这时节有什么不同了,那就是不知从哪一天开始,中午的时候,阳光强烈了一些,在无风之处,可以感受到融融的暖意。

春天总是这样,从风雪外一点点地挤进来,然后在不经意的某个午后,一下子挤进我们的眼睛。我们蹲在墙根儿下,阳光落下来,人们便都涌起暖洋洋的懒意。眯眼去看远处的雪,也似乎是倦了,不再那么精神,不再白得晃眼,有些蔫蔫地暗淡下去。虽然大地还是那么单调,可是因为有了暖阳的抚摸,便有了不同,仿佛正在从一个长长的梦里醒来。

积雪在我们的目光中一天天消瘦下去,房檐下开始生长出长长的冰溜子,然后雪就融进了泥土,冰溜子也随着水的滴落渐短渐无。忽然有一天,母亲把前后窗子里外蒙着的塑料布扯了下去，把窗缝间糊的纸也撕掉了，然后把窗子全部打开，阳光和风便呼啦啦地拥进来。阳光没跑出多远，便跌落在地上，而风却轻快地穿堂而过，从北窗又溜了出去，带走了漫长冬天留在屋里的种种气味。小鸡们争着飞上窗台，好奇地向屋里窥视，门也打开了，花狗大模大样地登堂入室，一身泥巴的猪只能一脸羡慕地看着。

母亲把一些东西搬到院子里，让阳光洗去它们身上经冬的气息。我和姐姐们也帮着打扫屋子，时时有清风贴脸而过，带着长长来路上的温暖气息，于是我们就都感觉到了春天。屋子中间的火炉已经被父亲拆掉，铁皮炉筒子也被一截截地卸下来，收进了仓房。除了年画，除了那些福字、对联、挂钱，再也没有了关于冬天的东西。

自此，每个中午最暖的时候，家里都会敞开着窗子，让那些赶路的风进来歇歇脚。母亲已经开始收拾南菜园，把那些枯败的秧除去，翻地，开垄，黑黑的泥土重见天日。有一天，姐姐兴奋地指着窗外说："燕子回来了！"果然，两只燕子正在檐下飞着，检查空了一个季节的家园。这两只最早归来的燕子，水阻山隔从南到北地飞回来，一点看不出疲倦。然后，燕子们陆续都回家了，檐下那些各种形状的巢纷纷生动起来。我坐在炕上，胳膊支着窗台，迎着清澈的风，捡拾燕子们的呢喃，偶尔与外面窗台上的一只鸡对视。只有黑猫依然慵懒，对这些视而不见，卧在炕头轻微地呼噜着。

虽然每一年的春天，都是这样的一个过程，可是每一次春天到来，都有着一种惊喜，还没有准备好一种心情，春风就已经走进屋来。特别喜欢和眷恋那种感受，和野外浩荡的风给人的感受不同，和风入户仿若故友重逢。于是房子里，人们的笑颜中，便都有了暖意。

我们就这样每一年惊喜着，流连着，也许，只有母亲知道什么时候迎接那些暖暖的风，在她把门窗都打开的那一刻，我们家的春天才算真正地到来。于是在一年一年穿房而过的春风里，我们长大了，离开了，家乡成了故乡。在异乡的春天，打开窗子，不知能不能邂逅来自故乡的风，能不能听到风里的那声声呼唤。

我多想牵着春风的手，走过千里路，走回三十多年前的岁月，走进那一扇扇熟悉的门，再看看年少的我们，看看年轻的父母，看看我们无忧的笑容，再听听那个院子里的鸡鸣狗叫，听听那些笑语，听听姐姐惊喜地说：

"快看！燕子回来了！"

知秋

窗外，是八月的夜，西边来的风摇动着邻家园里的那几棵大杨树的枝叶，一片细细碎碎的带着凉意的声音，纷纷坠落枕畔。

  一弯不知疲倦的上弦月，把角落里一只蟋蟀的鸣声，钩得悠长无比。蟋蟀的鸣声唤醒了姥爷的一声叹息，在昏暗的屋子里游走不定。

  窗外的黄昏还正年轻，斜阳和一串红辣椒在檐下静静地交流着，从我这个角度正好可以看到它们都羞红了的脸。檐下的燕子们最近颇为忙碌，可能正在打点行装。走出门，南边大草甸上的蛙声渐渐涌起，却带着一种萧瑟的凉意，混合着渐黄的草叶的味道。西边的天空中，那弯细月正驱赶着逃走的夕阳。

  空气中流淌着微微的辛辣，姥爷不知什么时候走出来，衔着古老的烟斗，那一点明明灭灭的火光，正努力想点燃天上的星星。姥爷走出院门，花狗也蔫蔫地跟着他，扯开嗓子喊邻家的伙伴，声音越过土墙，把他家的门窗都敲红了，却也不见回应。我觉得很没意思，想自己出去走走，快跑几步一跃蹬上了院门前的矮墙，旁边那棵并不高大的杨树上，忽然飞起一群麻雀。这些不安分的精灵，这时候反而越发欢快起来，顺着土路向西，不知撞翻了多少迎面跑来的风。走进村口高冈上那片小树林，似乎找到了风的来处，无数的风在里面嬉戏，地上薄薄一层落叶，偶尔还有被风引逗下来的，一片，两片，三片。

目光在开阔的大地上游荡，近处的一片大豆便送来阵阵起伏的铃声。细细的河更显得清清亮亮，被奔跑的霞光踩踏得泛起层层叠叠红色的笑纹。长长的风牵着我的衣袖，回到路口，转头间发现，姥爷正站在大坝的边缘，花狗蹲在他身边。太阳已经沉下去了，幽暗中一人一狗，像一幅剪影。西边天上的那弯月更亮了，我愣怔了一会儿，猜想着姥爷在看什么，大地？落日？庄稼？

花狗发现了我，飞快地跑过来，摇动的尾巴把夜色一层层地涂抹。我和花狗回家，姥爷依然一个人站在那儿。他手边有一点光在亮着，不知是天边醒来的星光，还是烟斗里未熄的火光。路上遇见一辆马车，两匹马闷头走路，不紧不慢，任凭三表舅扬起的长鞭在空中绽放出一声声的脆响。三表舅和路旁人家门口的人说着话，说是去镇上修理一些农具，过些日子就要用上了。

夜幕垂下来，村庄竟然比白天热闹了些。三表舅的马车刚过去，比我大上五六岁的二歪，便驱赶着他的部队过来了。那些绵羊还是那么脏，杂沓的蹄音和凌乱的叫声，把本该寂静的夜给搅乱了。我发现，二歪已然换上了一件很厚的衣裳，上面重叠着补丁，他还是逢人就歪着头笑，有时哭着也笑。他笑的时候，我常常忘了他是个聋哑人。

想着不会再遇见牛吧？牛、马、羊齐全，才是真正的村庄，还有我身边的花狗。只是一直到跳进院墙，也没看见牛。花狗比我先一步跳进去，让我嫉妒得轻踢了它一脚。它装着哀叫了一声，把还在散步的三只鹅和七只鸭子吓了一跳。它们跑到从窗口溜出来的灯光下，显得笨拙了许多，似乎身上的羽衣更厚实了。

那夜我睡得特别早，梦里一片繁华，五月的阳光，六月的河水，七月的大地，正把一个夏天依次绽放。然后，或许是花狗的叫声，或许是村里其他狗的叫声，把我从梦里拽了出来。窗外，是八月的夜，西边来的风摇动着邻家园里的那几棵大杨树的枝叶，一片细细碎碎的带着凉意的声音，纷纷坠落枕畔。

于是我又睡着了，做了一个长长的梦，长如一生。无数次看到大地上的种种，无数次迎着那种凉意，却没有一次感受到生命的苍凉。

那样的夏日午后

在一个异乡的夏日午后,我坐在野外的林间,想起三十多年前那个小院里的夏日午后,路过的风里,都是岁月的味道。

不肯午睡的我,坐起身向窗外看去,一片火热的寂静。听着家人都响起了轻微的鼾声,便下了土炕,拿起木头小板凳,悄悄溜出房门,坐在阳光流淌不到的地方,折一根阔大的向日葵叶片,当扇子不停地摇。

阳光慵懒地趴在墙头上,卧在地上,把院子里的精灵们都赶去了别处。鸡、鸭、鹅都躲进自己的小房舍中,猪在房后的一堆泥水中酣眠。花狗蜷缩在门后闭眼假寐,檐下巢中午睡燕子的呢喃声偶尔落下来,砸得它的耳朵倏然抖动。一朵云都没有,太阳慢腾腾地老半天也挪不了多远,园子里的果蔬、墙角的青草,也都蔫蔫地打不起精神。那些苍蝇、蜜蜂、蜻蜓倒是如我一般,精神得很,不知疲倦地忙碌着。

我坐在阴凉里无声地感受着,非常喜欢这样的时刻,那么静,一切都那么轻缓而又美好地发生着。劳累了一上午的人们都睡了,只有我坐在那儿看着,想着,其实也没有具体想什么,只是思绪飘忽。别人看我都是经常发呆的样子，从小到大都是如此。这种若有所思的状态，常常让我的心很自由地驰骋。

就在这一刻，满院阒然，我的心仿佛飞到了高空，俯瞰着这个在大地上睡着了的村庄。正幻想间，便被突如其来的鸡叫声惊回。家里的一只芦花母鸡刚刚生了蛋，正飞上墙头，不停地欢呼。它叫得停不下，于是把别的精灵都从梦里拉了出来。渐渐地，院里热闹起来，午睡的人们也醒来了，走出门，阳光也不再慵懒，而是欢快地追逐着满地的影子。

在一个异乡的夏日午后，我坐在野外的林间，想起三十多年前那个小院里的夏日午后，路过的风里，都是岁月的味道。同样的夏日，同样的午后，却是情怀迥异。也许风尘的覆盖之下，再不会有那样清澈的目光，去抚摸眼前温暖着的万物。

其实早没有了那样的闲情，在别人都午睡的时候，一个人静静地坐在光的阴影里，坐在光阴里，任神思飞扬。我还记得来时，是怀着怎样沉重的心情，迈着怎样沉重的脚步。那时太多的失落，太多的迷茫，并不是工作上生活上的，而是心境上的。总是不知道到底怎样才是真正的热爱，或者知道了真正的热爱，却面临着取舍。

坐在林中，斑斑点点的阳光和时断时续的鸟鸣，落在身前身后，偶尔慌不择路的风，冲撞着一路的树木扑面而来。而这一切，似乎都与我无关。虽然我知道，即使我在树下沉思一天一夜，也不会霍然顿悟，可我依然无法把目光和心思融入这个美丽的夏日里。虽然不久之后，我辞去了工作，可我知道，那与这个夏日的午后无关。之所以记住这个午后，是因为它是我心情沮丧达到一个顶点时刻的背景，就像写着最沉重话语的那张纸。

那个夏日午后，记录着我生命中某种状态的极致。很奇怪的，虽然当时的神思都沉入内心的困惑中，对外界仿佛无感，可是许久以后，回想起来，却能清晰地记得那些阳光鸟鸣，还有一地生动的碎影。

五年前的夏天，也曾有一个午后，没有阳光，天薄薄的阴，水便也显得有些灰暗浑浊，我坐在岸边的草丛上，身后是一片青葱的树林。在这七月的天地间，我泪落如雨，满心都是父亲的音容。过了近三个月，我终于相信，父亲不在了。虽然从病重到去世，我都在父亲身边，可是我一直觉得他没有离开。

在那个薄阴的午后，在无人可见的泪光之中，我与父亲完成了最后的告别。所以，那一天就成了一个纪念日，也隔断着前后不同的生活状态和心理状态。

虽然在我的生命中，已经度过了那么多的夏日午后，可能让我记住的却是寥寥。只是时光从来都不可预知，所以便总会有着一种希望。以后的日月流年里，一定还会有着让我能记取的夏日午后，不管是怎样的心境，都会如一盏灯，照亮岁月里的深情眷恋。

月亮地

那群玩耍的孩子已经散了，那几个唠嗑的老人也都回家了，土路上只有月光和蛙鸣一遍遍地徜徉。

一缕极细的风从敞开的窗子溜进来，蜡烛开出的花儿微微地摇曳着，母亲做着针线活，我捧着一本故事书看得很入迷。这时候门一开，姥爷和月光一前一后地走进来，他对我说："外面大月亮地的，出去玩儿吧！别总在家里坐着！"

走出门，月光呼啦啦地扑落在我身上，把我的影子从身体里打了出去，清晰地跌在地上。抬头一看，好大的月亮，一丝云都没有，一些亮的星星稀疏地散落着。南菜园里的果蔬静静地散发着清芬，高高的老杨树默默地站在墙角，每一片叶子都载满了月光。混成一片的蛙鸣从村南的大草甸上流淌过来，湮没了整个村庄。

这样的夏夜总能让我心生欢喜，沿着房后的土路向村西走，路面上的一沙一石都亮着，路旁的一草一木都醒着。不知谁家的狗叫了几声，拖着慵懒的尾音。有几个老人坐在谁家门口的老树下聊天，长长的烟袋上明灭着点点的火光。一辆马车从西边过来了,两匹马突突地打着响鼻,有个老人高声问:"这么晚才回来,又去拉土了?"赶车的人甩了一下长鞭,夜空中绽开清脆的响声:"二大爷,这月亮地多好,正好多拉几趟!"

有几个孩子在不远处的空地上追逐着,杂沓的脚步和交错的影子扰乱了月光,喊声笑声在空中翻滚。我看了他们一眼,但并不想加入他们,今夜我只想一个人走走。

一直向西走到村口,是一截断了的大坝,大地在大坝外就跌落了下去,跌落的大地平展展地向远处弥漫。月亮是那么亮,我可以看到远处的庄稼正在静静地拔节。小水库清清亮亮,平静得像孩童的眼睛,连接着小水库的,是一条细细的河流,悄悄地唱着歌。侧后方是一片很年轻的小树林,似乎有一只不肯睡的鸟叫了一声,就被蛙鸣吞没了。我们的夏夜并不是静寂的,那些隐藏着的青蛙彻夜不眠。

回头,我的村庄在月光的怀里正走向一个美梦,忽然想起村庄里的每一个人,他们在做什么呢?月光下闲聊,或者干着什么活,或者早早地睡下了。在这大好的月亮地里,万物万事都是美好着的,身后的村庄,眼前的大地,虽然都那么朴素,虽然并不那么富有,却永远是我现世安稳的家园。

大坝下的土路上走来两个人,拖着淡淡的影子,待近了,认出是前院的父女俩,早晨的时候听他们说去镇上亲戚家串门,没想到这么晚还赶回来。他们走上这个坡,我问:"二舅,十八里地,这么晚还赶回来?"他笑:"这大月亮地的,还凉快,正好溜达回来！"七岁的小姑娘眨着大眼睛冲我笑，月亮就落进了她的眸子中。

忽然想起去年冬天的时候，父亲带着我从镇上的亲戚家回来，雪后初晴，月亮也是这么圆、这么大。大地上是一层厚厚的雪，只有一条被踩踏出来的小路细细弯弯地穿过。即使没有月亮的夜里，大地上也是亮的，而月亮高悬之时，雪野就活了起来。那个晚上，我和父亲的肩上栖着月光，伴随着一路的咯吱声。多年以后，我不想念那些被踩疼的雪，却忘不了头顶的月亮。

身后村庄的灯火已经熄灭了好多，我慢慢地往回走，路上遇见前来迎我的花狗。它的尾巴飞快地摆动着，摇乱了月光。在月亮地里，它也是兴奋的。那群玩耍的孩子已经散了，那几个唠嗑的老人也都回家了，土路上只有月光和蛙鸣一遍遍地徜徉。

回到家，母亲依然在烛光下缝补着，姥爷的鼾声已经在小屋里响起。我躺下了，月亮就挂在檐下，那一片清光会共我入眠，在梦里，我也会流连着行走在堂堂的月亮地里，满心欢喜，乡愁遥远。

心有斑斓景自春

四处的山岭寂然，长风流淌，在粥香弥漫中，有着一种充实的满足。

常常会有这样的时候，分明是湖光山色或清风明月，心里却是一片萧瑟，不管怎样的美景，总会有将心触痛的地方。细细想来，那样的时刻，却都是人生最落寞伤怀之时，在暗淡的际遇之中，心灰则天暗，麻木的脸总是与冷漠的眼相遇。于是处处皆秋，仿佛沧桑奔涌，风霜扑面。

有一年自己亦是处于这样的心境之中，偌大的都市，在我眼中毫无生机，只是一片钢筋水泥筑成的冰冷森林。就在那个时候，偶然结识了一位老者，他是当地颇有名气的国画大师，擅画鸭，曾以一幅《百鸭图》获全国大奖。我曾欣赏过那幅名画，画中百鸭情态各异，极具情趣。与老者相熟之后，渐渐了解到他的经历。他年轻时就酷爱国画，且小有名气，不幸受时代因素影响被下放改造。与他一起被下放劳动改造的，都是一些艺术界人士。从身到心的疲累，使这些曾满怀激情的人日渐麻木，看不到前方的路，而眼前的苦难，成了最大的煎熬。

老者对我说："那时我在接受'批斗'之余，就是去放生产队的鸭子。那是一大群鸭子,每天把它们赶到河边,我坐在那里,看着流水万念俱灰。有一天,无意之间,我注意到了那些鸭子,发现它们很是有趣,从情态到叫声,给我一种全新的感觉。我就像发现了一个崭新的世界,于是每天观察鸭子,看它们弯弯的眼睛,就像是永远都在微笑,便想到画它们。我拿着树枝,就在河边的土地上画,每天都画,一下子轻松了许多!"

后来,平反之后,与他一起落难的那些艺术界人士,多已放弃了当年追求的东西,只有他,画艺却在那些年中进步了许多。那些同伴都已显出老态,而他却容光焕发,仿佛那些遭遇只是一个短短的梦。我知道,自从走进鸭子的世界,他的心里便安静了,便有了希望,于是日子便生动起来。

一年之后,我去了一个山村的小学当教师,虽然际遇依旧,可是心里却已暖暖。在那个天涯一般的地方,每一天傍晚,我都会在校园里点燃一堆木头,支起铁锅熬粥。四处的山岭寂然,长风流淌,在粥香弥漫中,有着一种充实的满足。虽然穷困偏远,却让我于极静之中,在心里生长起郁郁葱葱的希望。就如秋天的远山,树凋草残,可是明月高悬,一切在我眼里却是那样多姿多情。有朋友来看我,见我现状,很是唏嘘,我却淡然而笑,指给他看深秋的五花山,告诉他,那一片五彩的斑斓,实是胜过春日。

是的,在我的亲身经历中,已经深深懂得心绪对于心态的影响。心存美境,则生命中再无困境。无论怎样的坎坷遭遇,那样一颗充满生机的心，都会使艰难的境遇变得柔软如春。世界并不是由许多冰冷的墙筑就，只要心怀美好，就会发现那些墙上，有着许多扇充满希望的门，也有着许多扇阳光倾洒的窗。

忽然想起，在曾经那位老者的一幅画作上，看到他题的两句诗："人无琐碎云方静，心有斑斓景自春。"是啊，这真是道出了人生在世充满情怀的态度，这实在是一种至高至美的境界。其实也并非难以企及，只要在你心里种上一颗希望的种子即可。

心中永远不磨灭希望的色彩，那么，即使身处严寒，也会温暖如春。如此，你就会在随时随境，真心地感叹：这世界，多好！

鸡犬之声相闻

我喜欢鸡犬之声相闻,更喜欢各家各户常相往来。就像我的童年和少年时,在东北大平原上的那个村庄里,和伙伴们每日里走东家串西家,乐此不疲。

听到外面的狗叫声,我飞快地跑出去,利落地翻过西边的院墙,就到了邻家。邻家院里正热闹,很多孩子都来了,夕阳也跟着傍晚的风来了,我们进了屋,邻家的男人已经吃过饭,正坐在炕头上,戴着一顶破旧的帽子。我们都围拢着他,他见人多起来,就高兴了,卷了一支烟,抽完,咳嗽了几声,便放开嗓子唱。他唱的是二人转,字正腔圆,声音洪亮,窗子都隔不住。才唱了没几句,又引来一些人,进不来屋,就站在院子里听。

等唱完了一出,邻家男人也尽了兴,人们陆续散了,夕阳也走了,天黑了下来。可我们几个小伙伴还不肯走,继续和邻家的孩子玩得热闹。这时候,炕头上的老奶奶便开始给我们讲故事,讲的都是一些祖辈相传、田间地头闲说的那些琐碎,或者妖魔鬼怪一类,听得我们既好奇又害怕又还想听。离开的时候,外面黑黑的,在故事的余韵里,便觉得那些鬼怪无处不在,于是大声喊我家花狗的名字。花狗叫了几声，越墙过来，我才不再害怕，和花狗一起回家。

村庄里几乎家家都有狗，白日里它们似乎不怎么来往，到了夜里，却经常互通声息。经常是在睡梦中，被狗叫声吵醒。听着家里的花狗在院子里叫，只一会儿工夫，左邻右舍甚至整个村庄的狗都叫了起来，远远近近，此起彼伏，仿佛在互相大声交流着什么。过了好半天，那些叫声才渐渐平静下去，便迷迷糊糊睡着，再醒来，却是被公鸡的啼鸣声唤醒的。家里的公鸡站在墙头上，正引颈高歌，满村的公鸡都在热闹地叫着，打鸣的声音连成一片，终于把太阳引诱了出来。

在村庄的日月流年里，夜晚是狗的欢场，清晨是公鸡的舞台。

闲看老子《道德经》，看到"邻国相望，鸡犬之声相闻，民至老死不相往来"，便觉圣人之境高山仰止，不是我这种俗人所能领略的。而且，我喜欢鸡犬之声相闻，更喜欢各家各户常相往来。就像我的童年和少年时，在东北大平原上的那个村庄里，和伙伴们每日里走东家串西家，乐此不疲。大人们也是如此，特别是农闲的时候，总是溜达进谁家里，坐在炕上，在卷烟或者烟袋的陪伴下，唠着总也唠不完的家长里短。

久而久之，我们都熟悉了家里的狗叫声所传达的意思。比如，听得狗叫了几声便没了动静，来的准是个熟人；如果狗叫声不停歇，而且越叫越厉害，那就是不常来的人。不管熟或者不熟的人来串门,都是很随意的,进门寒暄,然后自然地坐在炕上,点起烟,也并没有什么大事,顶多借些农具或者鞋样儿什么的。更多的时候,就是纯串门,纯聊天,打发闲暇的光阴。

我经常是无聊地听着,然后在某个时候,忽然听到外面一只刚下了蛋的母鸡开始大声地笑着夸耀。好一会儿,下蛋的母鸡已经过了兴奋劲儿,却忽然又听得一声声公鸡的叫声,要多难听有多难听。我便笑,出门看见几个伙伴正站在墙外嘻嘻哈哈,互相嘲笑对方学的鸡叫难听。花狗对他们视而不见,卧在墙角假寐。然后我们呼啸着冲出村子,向着村外广阔的大草甸奔跑。

我曾以为那样的生活,会持续很久,就像我的祖辈们一般,在那个村庄里,在那片土地上,生老病死地轮回着,却没有料到,这一切还没来得及去细细地眷恋,就都成了过往。而城里是另一种喧嚣,不闻鸡鸣犬吠,人们也极少串门,总觉得不自由,被人流、车海、高楼桎梏着,于是我的心日日夜夜地飞回那个村庄。都说时间久了会适应,可我已用了三十年的时间,却依然淡不去那份思念。

有一次路过一个小市场,听到公鸡打鸣的声音,觉得很熟悉亲切,急忙循声而去,见路旁一个大笼子,里面关着许多待卖的鸡。一只黑色的大公鸡正把头从缝隙中伸出来,努力地鸣叫。便觉得有一种悲哀,那叫声也透着悲哀,那是和村庄里自由的公鸡完全不同的声音。我们都被困围着,身不由己。去年的清明节,回乡扫墓,由于时间紧,没有进村。从墓地出来,便听到一里外的村庄里传来公鸡嘹亮的啼声,还有隐约的狗叫。那一瞬间,许多年前的感觉又涌上心头,想象着是怎样一只乱了时差的公鸡在发疯,怎样一条爱管闲事的狗在愤怒。

我喜欢这样的人间,那么生动,哪怕只是远远地看着,就已忘情。

我们都曾生活在没有诗的年代

此刻，我只想要一种简单，没有诗词，没有生发，没有感慨。

一天的大雪终于停了，想着大地上必然已经厚厚一层，也不顾寒冷，不管天已黑透，便出去踏雪。雪后的天很清凛的晴朗，拖着雪地上长长的足迹，转过水上公园的过道，抬头间，竟看到一轮圆月。

看着在寒冷中孤高出尘的月轮，一刹那间，头脑中竟涌起许多断词残句，"冰轮""寒魄""天涯共此时""碧海青天夜夜心"。而今夜的我，很不喜欢这种感受。身畔的冰河上也是一层雪，雪光和月色纠缠着，我越是努力想把那些应景应情的诗词从心里摒弃，那些东西却越是争相生长出来，砍伐不尽。就像本来很安静的一幅画，却飞来讨厌的鸟，留下一串啼鸣在上面。

此刻，我只想要一种简单，没有诗词，没有生发，没有感慨。

就像我很小很小的时候，看月亮，眼中便只有那一轮美好，心里也只有那一种好奇，没有神话，没有诗情，月亮就是月亮，我就是我，如此单纯地相对。可是上学以后，学了第一首古诗

《静夜思》，再看月亮，便有了些说不清道不明的东西。乃至知道了"离离原上草，一岁一枯荣"之后，再遥望村南的大草原，心里就生长出一种不属于那个年龄的淡淡怅惘。

所以，我觉得，一个人童年的结束，是从学会的第一首诗开始的。

然后就是呼啸着的成长岁月，课本里或者课外书上的古诗词，一股脑儿地灌进了脑海里，"月本无今古，情缘自浅深""竟夕起相思""不知秋思落谁家""明月何时照我还"。月亮，在我的眼里，日复一日的面目全非。不只是月亮，很多被诗词描绘过的事物皆是如此。于是世界变得越来越复杂，心绪也越来越纷乱，离曾经的憧憬越来越远。就像回首之间，时光都断裂成渊，过去的世界，只剩下断壁残垣，而且就在这样回望的时候，诗词也依然趁隙而入，此身已沦陷。

万般思绪皆发于心，原本只是一时一地的感慨，可是当诗句与思绪水乳交融时，那份喟叹便弥漫开来，不管是否曾经在彼时彼地发生过情节。第一次身临黄河之畔，便觉九曲似回肠。凭雄关而立，长城莽莽，就有"高高秋月照长城""一夜征人尽望乡"的悲壮。看陌上柳色而伤春，见秋风而起乡思，闻琵琶怜身世，遇长亭伤别离。情感泛滥，避无可避，自己折磨着自己。

其实就算没有诗词，这些情感也依然会有，但也只是刹那间的触景伤情，而非如此无所不至地用所谓的诗情来湮没闲景。本来的那种瞬间的情感，如天地间游走的风，入怀为凉，须臾如梦而散，而有了诗词的渲染，便缠绵不去，极易辗转成伤，如梦魇不散。更有甚者，会寻章摘句或者搜肠刮肚，以应此情此景，渐渐地形成条件反射，不诌上几句就不舒服，于是就成了所谓的诗人。"无故寻愁觅恨，有时似傻如狂"，久之就成了病态。

后来看《南华经》，很是赞同那种观点，许多的烦恼纷争，都来自知道得太多，人生最大的惬意与幸福，来自最原始的朴素，无求无争，不爱不恨。有时候，所谓的诗情，其实更可能是一种庸人自扰。把自己心里每一种情感，都打上了一个烙印，把世间的每一个事物，也都打上了同样的烙印，于是相遇之下，便碰撞出无边无际的无可奈何。我们在与万事万物相互烦恼，而非天人合一般的怡然自得。

想想看，在没有诗出现以前，更没有诗人的时候，大地山川依然，一切都是本来的样子。有人折柳，却不会想到送别，有人望月，却不会放飞思念。或者送别与思念都会有，却也只是简单清澈的，与诗词无关，与诗意无关。就像我们最初的懵懂时光，什么都不曾来侵袭，遇见喜欢的，便开心地笑，遇见难过的，便痛快地哭。风清月白，天蓝草绿，一切都是最本真的美好，包括情感。可是，当我们知道了把泪水流进心里，诗便乘虚而入。当心里住进了第一首诗，便是烦恼的开始。

那么，第一首诗是怎么出现的呢？抛去学术上的东西，我觉得，是某个平凡的人，感觉很敏锐，比别人更容易有感触，那些感觉在心里累积得多了，便折磨得他很难受。于是在某一天，那些情感便溃了心里的岸，化作一些句子或者歌谣流淌了出来，然后，他便觉得轻松了许多。可是，他不会想到，从他口中流淌出来的，也流进了很多人的心里，源源不断地流淌了几千年，曾经他心底的那些堆积，依然在世世代代的人心里生生不息。于是继续溃岸，继续流淌，终于汇成了一片海，每个人都没有幸免。

我们，其实是在很小的时候，被迫进入那片海里，回头却再也寻不到那座天真的岛。那个第一人是自发的，我们是被动的。而且，起初的时候，我们会觉得很美好，有诗的世界，有诗情的生活，绚烂缤纷，可是到了某些最平静的时刻，当心灵最接近生命本源的时刻，才会发现，那些以美丽的姿态一直堆积在我们心上的，是一种多么重的负荷。

所以，当再看到一轮皓月的时候，我多希望自己只是简单地惊叹："今晚的月亮真圆啊！"而没有接下来的那句，"圆得像个句号。"

幽独

> 门前细细弯弯的小河悄悄地流淌，炊烟醉倒在长长的风里，像一幅静静的画。

在小兴安岭住惯了，出了山去哪里都觉得混乱，就像隔断红尘太久，已与山水之外的熙攘格格不入，所以每次的归途中，看着扑面而来的山影，心都会渐渐地静下来。在山岭间某个细小的皱褶里，车窗内的我再次远远地看到那几所房子。

房后是高耸的青山，门前细细弯弯的小河悄悄地流淌，炊烟醉倒在长长的风里，像一幅静静的画，我的心一次次地停留在那里，总是向往着更幽远僻静的地方。如果我能坐在那个小小的院落里多好，丝毫与尘世不相关，看书写字，放牧心灵。白天，在纷纷扬扬的阳光里，轻拥纷纷扬扬的时光；夜晚，在清清淡淡的弯月下，细数清清淡淡的岁月。就那样悠然终老，就像深谷中纷纷开且落的幽花。

我是多么不知足啊，本已山水相伴，却又想去山水更深远处，只与花木鸟兽为伴，只与清风明月为邻。每个黄昏，我都会去山间水畔散步，把心底那些纷乱的、芜杂的，放逐于天地之间。有时发出一些散步时的照片，总会有人羡慕我的闲适，羡慕我所在之地的清宁。原来，我在别人的眼中已经够深远了。

遥远的当年，我还在家乡的呼兰小城时，就总喜欢去一些幽静之处，伴一些孤独之物。小城西南有一个古老的钓台，台下是一坡摇钱儿的榆树，坡下就是呼兰河故道。那里曾留下我无数足迹，还有大风吹不散的依依低语，或者流连于萧红故居的后花园里，捧一本书坐在花荫下，生长着太多的心情，也经常去呼兰河北面较远的一处河湾，足畔缓缓走着的波纹带走了我太多凝望的目光。

恍惚间那么多年就走远了，我像一条改道他乡的河流，断不了来处。隔着重重叠叠的光阴，回望曾经的那个少年，他还在孤独地走着，寻找着，相伴着。忽然觉得，没有比来处更深远、更幽静、更让人想去的地方了，因为那是生命中的清白之年，因为回不去，因为再也遇不见那个少年。

这一条不归路是多少人的遗憾，却又不得不去走。正是因为那份难舍的眷恋，正因为无法回头，所以很多人都想去找寻一个清幽的去处，在一种相似的心境中，去接近那个在时光里远去的自己。其实，我们心灵的故乡，永远是最初离开的地方。

月亮从东山那边升起来了，也许只有它没变，从少年到白头，从故乡到异乡，从繁华到冷清。月亮照着山林，也照着我的初白的发。此时心里是那么静，天地是那么大。我在月光下轻轻来去，从一个梦走向另一个梦。

第二辑

蓬勃生活在此时此刻

其实每个人都曾有过"千尺长条百尺枝"的生命盛时，
虽然或者于失败中默然，或者于岁月中沉寂，
虽然在生活的大河中如一滴波澜不兴的水，
可他们已与生活水乳交融，表面落寞，
内心却依然澎湃着旺盛的生命力。

半河流水半河冰

打破与回归，除了外在的力量，更要内在的力量。流水与春天的共同努力，才让一河欢唱融入东风。

三月将尽的时候，在河堤上散步的人并不多。黄昏来得还是那么早，不到六点，夕阳便已被重叠的山拽了下去。依然很冷的风缠绕着依然疏朗的树，大堤阴坡上的枯草，还在风中举着残余的雪。在网上看到南方许多花都快谢了，便觉得天遥地远，小兴安岭的春天，似乎还没到来就已经走远了。

草木正努力着从一个长长的梦里醒来，候鸟还在长长的归途之中跋涉，远远望去，被余晖涂抹的一朵云影，却固执地带着一丝暖意。大堤随河转了一个很大的弯，转过来，便与清凌凌的流水声相遇，无边的萧瑟之中，立刻感受到了春的消息。驻足凝眸，近岸处的冰有一段已融开了长长的一条，有一米多宽。那一处重见天日的水，正兴奋地轻唱。

原来，春天总是从细微之处开始，像许多许多的心情。即使生命有着短暂的沉重与迷茫，也总会有一缕似寒实暖的风，从某个缝隙悄悄潜入，慢慢地把冰雪燃烧，把暗淡着的寒冷着的，浸润成清澈的美好。

天边那朵同样燃烧着的云，已渐渐被夜色熄灭，黑暗无边无际地垂落下来。一弯极细的上弦月，无声无息地亮起来，像一支簪别在夜的发上。虽然还是无边的冷冷清清，却已经有了寻寻觅觅的心情。这样的心情一出现，我知道，春天才是真的来了。

又过了几天，再次去河堤上，河冰已经融化了更多，近两岸处已经露出了长长宽宽的水，夹着中间那一条孤孤单单的冰。有一些不安分的水便跃上了冰面，把冰又割划成不规则的形状。这是一个很奇异的场景，冰上冰下皆流水。虽然儿时也常见，却是每次见到都会悠然神飞。打破与回归，除了外在的力量，更要内在的力量。流水与春天的共同努力，才让一河欢唱融入东风。

一直觉得有三种现象很奇特。雪落长河，雨打冰面，再就是半河流水半河冰。雪落长河是在这里的深秋，河未冰封，雪便迫不及待地来了。看大朵大朵的雪花扑入浪花，仿若生命中的琐碎被博大的胸襟所包容，截然不同又浑然一体。也是在此时的季节，有时雨会在冬的余韵中缠绵而来，冰河未解，雨点便密集地敲打着冰面，使冰也鲜活起来，常会有一河静水的错觉。就像一些沉重的过往，总会被一场不期然的雨濯洗，虽然寒冷如故，却是生动了许多。

脚步放逐于河堤之上，目光也随之远远近近、深深浅浅。再过些日子，河里的冰就会被割划得分崩离析，大大小小的冰排、冰块，会随着满溢的流水浩浩而下，走着走着，就消于无形。其实生活中的许多事也是如此,随着时光的流逝而支离破碎,最终了无痕迹。走过的岁月之中,曾经郁结于心的那些块垒,虽然在当时冷漠暗淡,可总是在回首时风平浪静。

半河流水半河冰,是一个奇妙的过渡状态,它们都在义无反顾地奔向远方。冰与水,质同而形异,或者本就为一体,在奔向共同的目标中,便盈然而欣然了。而我们一路走来的许多心情,也会在数不尽的长路长夜中,不知不觉地彼此交融。停不下的脚步,可以改变许多东西。

所以,还想那么多做什么呢?跟着脚步走,一切都会过去。河里的冰与水还在缠绵着,还在向前走着,当它们走到不分彼此,春天,就真正来了。

恣意的生命是一种蓬勃

他觉得现在更自由,更有精神头了,没有了约束、桎梏,他的眼前天高地阔。

多年前,我有两个朋友在不同的中学任教,都教语文,且当班主任。那时我经常会去学校找他们,有时便隔着窗子看他们上课。他们有着不同的风格,讲得都很好,看得久了,便心生一些感慨。

第一个朋友性格外向,反应快,且很有幽默感。本以为他在课堂上,应该是能把气氛调动得很活跃,看了几次发现并非如此。他讲课的确很生动、有趣味,只是课堂纪律很严格,整个教室里,除了他洪亮的声音在回荡,余无它响。学生们坐得端正,认真听讲、记笔记。这让我想起自己上学的时候,也基本是这样的情景,谈不上喜不喜欢,只记得自己当时坐在那儿,虽然直盯着老师,却总是不经意间就神飞千里。

我问这个朋友,这么严格的课堂纪律,学生们不抵触吗?不溜号吗?他说,不管不行啊,如果不管,只会更糟。其实他也是很有秩序感的一个人,各方面都如此。比如他家门前空地上的花草矮树，都修剪得整齐顺眼，哪怕有一株草的个头超了，他看着都不舒服。

我叹道，你的学生像军人一般有纪律性、整齐性，而且服从命令。他听了，却只是有些无奈地笑。而另一个朋友，却性格很内向，平时话语不多，只是一站到讲台上就充满了激情，仿佛换了一个人。我经常在窗外听得发了呆，偶尔也会听得热血沸腾，直怀疑这小子平时少言寡语，是不是把劲头儿都攒到了课堂上？

他的课堂自由而热闹，学生可以随意提问，可以相互讨论，常有笑声和争辩声一同爆发。虽然如此，却并不乱，他在讲的时候，下面是安静的，他停下来的时候，便会有一堆问题从学生口中飞出。有时候我在窗外听着，也会被深深地吸引。

我问他的时候，他只是憨憨地笑，说放松些学得更好，弄那么严肃紧张干吗？看他又恢复了木讷的样子，很难想象刚才在课堂上张牙舞爪、口若悬河的人是他。他是全校最受学生喜欢的老师，只是似乎人缘不是特别好，同办公室的人都有意疏远他。他也不在意，我便想，他若是能把课堂上的精神头拿出百分之一来，也能和别人处好关系。

这两个朋友所带的班级，在大小考试中成绩都很优秀，特别是第二个朋友的那些学生，经常冒出几个在全市都名列前茅的尖子。也许不同的方法，有着相同的效果，所谓殊途同归，目的都是让学生学得更好。可我心里更偏向于第二个朋友的风格，如果我上学时遇见这样的老师，估计成绩会更好一些，心情也更舒畅一些，回忆也更美好一些。

后来我离开了家乡的城市，因为种种原因，有好多年和曾经的朋友失去了联络。前几年，那两个朋友通过我的公众号加了我微信，聊了很久，吃惊于他们也都早已不在家乡，都是身处遥远的他乡。曾经很优秀的两个教师，竟然告别了校园，在千里之外另谋出路，这让我很是震惊。

问原因，第一个朋友告诉我，他在学校很是如鱼得水，所教的班成绩一直很好，和老师们相处得也很愉快，而且渐渐地得到了一些提升。他说，很长时间他都沾沾自喜，他觉得自己是成功的。可是某一天，他忽然反思，自己这样教出来的学生走上社会，会是什么样子？他说我当初赞扬他带出了一批守纪律的军人，其实是我口下留情，他觉得自己训练出了一批没有思想和主见的机器人。他觉得自己不配当教师，误人子弟，而且这个念头与日俱增，终于一狠心离开了教师队伍。

我有一种说不出的感受，不知是欣慰还是遗憾，不过很佩服他的这种精神。毕竟，绝大多数的教师都是在那样教学吧？他能如此反思、反省，真的是难能可贵。那么，第二个朋友不应该会有如此的想法啊，可他怎么也离开了让他激情四射的讲台了？

别看那个朋友当面说话很闷，可是在微信里打字却很富有文采。他其实很无奈，他特别热爱教师这个职业，而且想着一辈子献身教育事业。只是不知怎么回事，虽然他那么受学生的欢迎和喜欢，虽然他的学生都那么优秀，可是却不知从什么时候开始，他的工作有了重重的阻力。排挤，诽谤，都是源于嫉妒吧？又或许，他的教学方法与相袭的传统，太过于格格不入。后来，每当他的班级被他带得变成优秀班级时，他就会被撤下班主任职务，后来，给他的教学任务也越来越少，最后，干脆不再让他教学，把他调到学校后勤工作。最后，他终于离开了。

我亦深深叹息。不过他却很快兴奋起来，告诉我，他自己开了个培训班，同样也是在教学生。而且他说，他觉得现在更自由，更有精神头了，没有了约束、桎梏，他的眼前天高地阔。最后，他告诉我，恣意的生命是一种蓬勃。

想到他当初的那些学生，想到现在的他自己，我深以为然。

创造生活

学会创造生活，生命便展示给你一片常看常新的风景。

世上有三种人。第一种人承受生活，觉得一切都是命中注定，便一步一步随波逐流地活到老；第二种人迎接生活，他觉得生活就像手中的一副牌，虽然牌面是注定的，但打法却由自己掌握；第三种人创造生活，认为生活就是一块洁白的画布，美好的前景全由自己去勾画。

"创造是消灭死。"罗曼·罗兰如是说。创造生活就是把生活中的暗淡变成辉煌，平庸变成高尚，剪去命运的繁枝冗叶，使生命之树向更高的方向生长。创造生活，该是一种充满激情的挑战。

创造生活首先要创造希望。有了希望，前进就有了方向，有了希望，梦想的归宿才不再是雾里若隐若现的一幅剪影。创造希望也就是拥有了无尽的温暖动力，那还管什么脚长路短四顾茫茫；创造希望更是创造了人生的最大财富，一颗自由梦想的心就像远天下候鸟滑翔的身影，永远带领我们去寻找一种怦然心动的生活。

创造生活还要创造激情。人没有激情就像鸟儿没有翅膀，就像花朵没有阳光。如果生活是一只船，那么希望是帆，激情就是不停鼓荡的一帆风满；如果生活是一条路，那么希望是脚下的灯，激情就是漫漫风尘中的万丈雄心。创造激情就是在生活的风浪中创造豁达的心境、坦荡的胸襟和美丽的执着。

创造生活更要创造生活的内容。每一天的太阳都是崭新的，每一天的自我也是崭新的，每一天的生活更应是崭新的。就像在蓝天上点缀白云，就像在大海上点缀风帆，创造生活的内容就是在匆匆游走的岁月中加上一颗时常感悟的心，就是在生命的旅途中开创一片蜂飞蝶舞的芳草地，可以让灵魂时时在其中憩息。

学会创造生活，生命便展示给你一片常看常新的风景。如果没有创造，就不会有今天的世界。创造生活是人类文明发展的唯一路途，沿着这条路我们走过幼稚，走过丰盈，最终走向生命的极致！

放眼一切赏心悦目的存在，你会感悟：创造生活就是创造美丽！

燃烧

真正的燃烧，并不是消耗生命，而是在为生活增温增亮，并能用自己的微笑，去点燃世间所有的美好。

燃烧并不是一件生生不息的事，即使再漫长的时间，它也是消耗着，走向毁灭与黑暗。或许我们可以把燃烧注释成一种反抗，对黑暗和寒冷的阻挡，就是燃烧的意义所在。

可是在我们的经历中，在我们的生命里，许多的燃烧却是形形色色，常常让我们于不知不觉中，灿烂或沉沦。

有一种燃烧迅速而猛烈，就像流星划过夜空，摇曳最炫目的光芒，转瞬即逝。有多少人在那个刹那，引燃了自己，只为给别人照亮前方，又有多少人在那个刹那，炽烈奔放，只为证明自己存在过。

有一种燃烧缓慢而执着，如银烛吐焰，用微小的光和热，努力去照亮一方黑暗，默默地奉献所有的能量，直到生命的尽头，脸上最后的微笑，就是人们眼中的最暖。最平凡的燃烧，却是最伟大的情怀。

并不是所有的燃烧都会散发光和热。我看过一种暗火，在极隐蔽极幽暗处，在腐叶深处，一点火焰，不熄灭也不旺盛，极缓极慢，最终，无声无息地结束了一切。许多人就这样毫无知觉地用枯寂的燃烧消耗着本不丰盈的生命，不明亮，也不温暖，然后不留下任何痕迹。

有的时候，我们需要一种外来的感动来点燃内心的希望。哪怕一束鼓励的目光，哪怕一句温暖的话语，都会让深藏的热情熊熊而起，让生命充满了激情和力量。这样的燃烧，才是让梦想蓬勃的动力。其实在我们的心底，总会不经意被引起一股火焰，或怒火，或欲火，所以，我们要用最理智的冰去熄灭那些负面的火。

有的人，就算不能点燃自己，也要点燃他人的希望，在别人的火光里，温暖自己的梦想；而有的人，就算不能燃烧自己，也要引燃他人心里的火药，看着别人在烈焰中毁灭，获得一种不真实的快感。

在秋天的田野里，那些枯草的燃烧并不是无奈的结束，而是为了使这片土地更肥沃，让生命更好地延续。在深夜的路途中，一盏灯的燃烧并不是醒着的孤独，而是为了给远方的行人一个指引，虽然它淡若流萤。

而有一种冰冷的燃烧，就像舞台上的冷焰火般，看得见光芒与灿烂，却感受不到怡人的温度。太多的人都是如此，他们燃烧，他们灿烂，他们辉煌，但他们却冷漠，却寂寞，却不动人。燃烧的意义除了指引方向照亮自己，更重要的，是还要照亮他人，温暖他人。

无法燃烧成炽烈恒久的太阳，那就燃烧成夜里清醒着的蜡烛；无法燃烧成瞬间的光芒四射，那就燃烧成日复一日不灭的坚持；无法燃烧成他人眼中的辉煌，那就燃烧成自己生命中的温暖。

真正的燃烧，并不是消耗生命，而是在为生活增温增亮，并能用自己的微笑，去点燃世间所有的美好。这才是最美的燃烧，最美的意义。

追赶星辰的人

走进一扇不喜欢的门并不可怕,可怕的是渐渐丧失了走出来的勇气。

曾经在一个很深很深的夜里,独自向北走在旷野上,身后,仿佛是生命中的废墟,而眼前,只有黑暗,以及黑暗中亮着的星。

那不是少年时,虽然少年时也曾在深夜里独行,却是满心的清澈与憧憬。而当我在那个夜里,一直走,心里是沉重中带着希望,如那颗遥远星辰的微芒。回头看,小小的城市已湮没于夜色之中,有一角灯火通明,那是我的来处——电厂,一个我并不喜欢的环境。

回想起来,可能大多数人都是在并不喜欢的境遇中一路走着,一路走来。我大学选择了不喜欢的专业,毕业后选择了不喜欢的行业,都是无力抗拒,随波逐流。我不知道有多少人彷徨过、挣扎过,可我知道有更多的人就那样在无望中一直到老。

多怕一切就像电影里的台词般,先是痛恨这种生活,然后是适应,最后是离不开。"习惯了"确实是一件可怕的事,虽然环境并不可怕,甚至平淡平稳,但是习惯了那样的生活,就会渐渐麻木得失去了感知与希望。一眼可以看穿的一生，是多么不幸与悲哀！于是我经常对着镜子问自己："这是你想要的生活吗？"一遍一遍，直到问出遍体的冷汗。

那个夜里，下了零点班，走出厂区，忽然不想回家，就一直向北走出了城。四顾茫茫，虽然心底的希望如星光般微小，可是在黑暗中却是那么执着地亮着。是的，我一直有着希望，所以才能在电厂工作十二年，而没有被平淡的日子湮没。当我为着自己的希望而默默努力时，不知引来了多少人的不解与嘲讽。更多的时候我选择不在意，只在意我所在意的，而当围观者只是过客。

当我渐渐弄出一点名堂来，别人的反应里便有了新的东西，我不知是嫉妒还是什么。不知道被多少冰冷的目光撞疼了后背，偶尔也会在意，更多的时候，我是被那些目光推着向前走，走到渐远，会发现，那些目光或者早已被扯断，或者已改变了温度。

当然，很多时候无法去责怪最初的选择，我们需要承认自己的无能为力。走进一扇不喜欢的门并不可怕，可怕的是渐渐丧失了走出来的勇气。我们已错过了最初，就不要再蹉跎于过程，不知不觉已成过来人。只有用心走过的路，才会通向心底，才会通向最暖的归宿。

少年时，也是在一个晴朗的秋夜，和一个伙伴沿着呼兰河向北走，星垂平野，忽然就感到了自己的渺小。星若微尘，人亦尘中之尘。我们谈论着遥远的未来，也感叹着我们被困囿在很小的一个范围之内，甚至一生都被困囿着。当时并不知道是哪一颗星落入了我们的心底，成为一粒种子，以至于在以后那么多年的世事风尘里，任岁月变幻，都没能埋没一粒种子的信念。

当年的伙伴曾徒步走遍全国，为自己的生命拓展着经纬，虽然一直面对着白眼冷遇，而我则在文字里海阔天空，不管以怎样的方式。我们都不曾忘记在那个遥远的秋夜，生发出的对生命被桎梏的恐惧和对自由的渴望。如果说我们是在挣扎，心里却有着蓬勃的力量，心在高处，那么便没有什么能困住脚步吧！

在古代，智慧的先知用三个例子来说明地球是圆的，其中一个，就是在晴朗的夜里一直向北走，一直向北走，就会发现，有无数崭新的星辰从地平线上升起。人生也是如此，只有向着一个方向不停地走，不停地走，才会走出一个又一个美丽的新世界。

我愿意做一个追赶星辰的人，而追赶星辰的人，只能在夜里前行。

时光茂盛

归途中,女儿们和几个伙伴追逐打闹欢笑,我默默地看着,恍惚间不敢相信已过去了那么多的岁月。

女儿们读初中时的一个夏日,那天学校临时有事,所以放学早。我早早地去校门口等着,已聚集了不少接孩子的人,多是老年人,聚在一起聊天。教学楼的西侧有一株很高的树,茂密的枝叶间栖着朵朵的阳光,朵朵的阳光牵绊着我的目光,竟有了长久的失神。

我刚从乡下转进那所初中时,教室的窗外也有着一棵古老的柳树,让我总是在听着课的时候就悠然神飞。路过的风和偶尔飘落的鸟鸣,唤醒我对村庄大地的记忆。生命中的第一份乡愁,就那样在心底落地生根。少年眼中的世界永远是未知而新鲜的,当我和新同学们熟悉之后,外溢的乡愁便蕴敛成极深远的一个梦。课间的时候,我们在老柳树下漫无边际地说着话,斑驳的光影生动着每一张年轻的笑脸。

三十年过去,回望过去却是多么茂盛的时光啊!如今发上已落了永不消融的雪,似乎再回不到曾经的夏天。六月的阳光下,却流淌着不散的苍凉。身旁几个老人在聊着那棵树，也回忆起他们的火热年代，回忆起曾经顶风冒雪在山上采伐的时光，或者朴素的校园岁月，笑谈着曾经的苦乐。苦与乐，都是遥远的蓬勃。年轻的笑流淌在苍老的脸上，阳光轻送着白发的芬芳。

放学了，那群少年奔跑出来，足音飞扬。忽然明白，<u>时光永远是茂盛的，而时光里的人，有的正在葱茏，有的却正在憔悴。一茬一茬的四季，收割着一茬一茬的心情，谁也不知道，又似乎谁都会知道，在遥远的境遇里，会有着怎样的一种落寞在等着我们。</u>

不知哪个教室里传出风琴的声音，一首低婉却又透着欢快的曲子，穿透扰攘的人群，仿若一只蝶翩然栖落在心上。刚上高中的那个秋天，开始是军训，我们走读生也要住校，晚上就睡在教室里拼起的课桌上。我们十多个男生每晚都要练习合唱，准备着军训结束后的新生晚会。当时大家都在看的一部电视剧是《十六岁的花季》，我们唱的就是它的主题曲《多彩的季节》。

那个夜有着很圆的月亮，一丛篝火映亮无数张兴奋的脸。其实我们那首歌合唱得并不成功，但我们唱得很开心："吹着自在的口哨，开着自编的玩笑……"后来我坐在人群里，看着明月、篝火、笑脸，心底便涌起一种感动。这就是我的十六岁，我的青春。多好的月夜，尽情绽放着我们的年华。

似乎美好的情节总在旧光阴里温柔着，而汹涌着奔向眼前心底的，都是劳碌琐碎中不被预料的种种。归途中，女儿们和几个伙伴追逐打闹欢笑，我默默地看着，恍惚间不敢相信已过去了那么多的岁月。记起少年时，我和伙伴们呼啸着从胡同口跑出去，一个坐在墙阴里的老人，就是这样默默地看着，阳光在几米外盛开。

临近家门的那条路很安静，很多时候只有风在悄悄地路过。左侧是长长的树影，右侧是摇摇的花影，如年华的两岸。脚步到这里都不自知地轻柔起来，心也渐渐平和下来，涌起一种熟悉的感动，就像十六岁的那个月夜。能行走在茂盛的时光里，本就是一种幸运，一种幸福。

一头猪的命运

如今再没有猪和它争食了,可它却对那些美食有了本能的恐惧,仿佛那是美味的毒药。它宁可越过高坡,去啃那些青草。

饲养场里,一群小猪诞生了。其中有一头黑色的小猪,它生来就与众不同,当别的小猪争抢着去吃奶时,它却瞪圆了眼睛四处张望。当它对这个世界有了初步的认识时,肚子也饿了,可是此时老母猪的奶已被众小猪食尽,它只好饿着肚子蜷缩在一边。

它时常在饲养场里闲逛,喜欢独自在墙根儿下晒太阳。它看不惯同伴们肮脏地挤在一起,因此和它们格格不入。这也导致了同伴对它的排斥,甚至群起而攻之。主人来喂食时,它总是被众猪咬跑。只有别的猪都吃得肚滚腰圆时,它才悄悄地溜过去舔食一些残渣剩食。在饥饿的驱使下,它时常吃力地爬过一个高坡,去饲养场的边缘吃些青草。

有一天,众猪正在休息时,来了一群人,把几头长得壮的老猪拖了出去,凄厉的叫声令这群小猪毛骨悚然。猪妈妈对抖作一团的它们说:"不要害怕,这是我们的命运,躲也躲不过去的,所以你们每天该吃就吃、该睡就睡,过好这些日子吧!"众小猪一想也就释然了，于是每天吃得越发的多，睡得越发的香。只有小黑猪忘不了那凄惨的一幕，常常在睡梦中惊醒，有时它试图说服大家一起逃跑，可结果总是招致围攻。连猪妈妈也批评它，说就算跑出去了也会饿死，还不如在这里吃好喝好，反正都是死，为什么不让自己过得好些呢？

它从此更是落落寡合，每天依然越过高坡去吃青草，因为那些同伴越发瞧它不顺眼，甚至不让它在大伙面前出现了。同伴们长得已是肥肥胖胖，皮光毛顺，而它却瘦骨嶙峋，只有一双眼睛异常的明亮。

厄运终于降临到它们这一代猪身上，几乎每天都有同伴被抓出去宰掉。它们每天都生活在惊恐中，当人们的目光在它们身上扫过时，每头猪都能感受到死亡的气息。终于，同伴们被屠杀殆尽，而小黑猪因为瘦小得以幸存。它为同伴们难过，也感谢它们，正是因为它们的排斥，才使得自己如此瘦小而逃过一劫。如今再没有猪和它争食了，可它却对那些美食有了本能的恐惧，仿佛那是美味的毒药。它宁可越过高坡，去啃那些青草。

终于有一天，人们又吵吵嚷嚷地来了。它远远地看见，忽然想起在它们这一代里，似乎只有自己是可以被抓去杀掉的了。于是它匆匆跑着，看见了围墙，它猛地一蹿，很轻松地就跳过去了。原来这道在肥猪眼里高不可攀的围墙竟如此容易越过，这也是因为它经常跑过坡地去吃草从而把体力锻炼得更好的缘故。它跑到远处的山坡上，回望饲养场的大院，那里有许多小猪刚刚降生，它们的命运只不过是一代一代地重复同一悲剧。它轻轻地叹息了一声，开始了逃亡之旅。

它的逃跑引起了人们的关注，许多家媒体都报道了这件事。一时，它成了人们茶余饭后谈论的对象，甚至有人不惜高价悬赏找它，想让它舒服地终老一生，因为它是百年难得一遇的聪明而勇敢的猪。

终于，它在奄奄一息时被人们发现，并被一个好心人家收养，从此，它可以睡在舒适的窝里，可以吃可口的美食。可它依然不敢吃得太饱，并时常在院子里跑步以增强体质，衡量着围墙的高度。它必须保持着这一习惯，因为它知道，说不定哪天，当主人对它厌倦时，当人们又生起杀心时，它又要开始逃亡了。

吾厚吾德

就如松横陡岩,风霜雨雪不改其姿;就如日月经天,云飞雾扰不减其辉。唯吾厚吾德,才能从容漫步,才能坚守生命的本真,立足于人生的大境界。

一个"德"字,从古至今论者纷纭,可在字海的浩瀚处,在时间的长河里,在历史的天空中,它依然永恒闪亮,一如明月盈缺,清辉不改。《易经》云:"君子以厚德载物。"可见德乃是一种胸怀,一种境界,一种与生俱来却又终身为之坚守的做人底线。

曾在一个老者的书房里看到"吾厚吾德"这四个字,醒目地悬于壁上,带着雄浑苍茫的笔意,猝然击中我心底最纯净的角落。我知老者一生际遇,此四字实是他的真实写照。我亦是常常自问:若命运注定我福薄,辛苦勤奋终成画饼;若命运注定我漂泊无依,奔忙劳碌为生而活;若命运注定我屡失机遇,惨淡经营通达无望,我该何以自处?

不必问询于他人,在我们的阅历中,以上种种屡见不鲜,失落黯然者有之,愤慨抱怨者有之,走向极端者有之。想到自己的回答,也是惭愧且茫然,人生在世,不如意十之八九,也曾怨天尤人，也曾叹世事不公，却是于事无补，失了希望也失了心境。

于是更加由衷地钦佩那位老者，他一生所历，难以卒读，仿佛所有失意集于一身，无时无遇无福，多劳多难多病，可观其人，不卑不怨，风骨凛然。德之一字，品行也，内品外行，他都做到了。心有操守，方能行于端正，浩然正气发于胸腹，方能具有巨大的人格魅力。在老者家中，前来拜访者众多，不管身在红尘中沾染了怎样的心性，于那方斗室中，在那四个大字的辉映下，都会一时宠辱皆忘，这就是德的感召。

后来读明代陈继儒的《小窗幽记》，其中有一条："天薄我福，吾厚吾德以迓之；天劳我形，吾逸吾心以补之；天厄我遇，吾亨吾道以通之。"忽然发现，这正是那老者一生的真实概括。抑或老者学贯古今，一直以此条训诫修正人生之道，所以，他终生都在提高他的道德行为，以此来对抗命运的风雨浮沉。

如此，再回想自己曾经自问的种种，更是汗颜。是的，没有什么可抱怨的，如果说有，就该抱怨自己对待命运的态度。命运并非不可战胜，坚守内心的闪光点，不违背良知，就算依然坎坷，也是无愧无悔，也是一种成功。顺于顺里取，逆从逆中求，德的积累，就是日月流年中点点滴滴的坚持，是风雨沧桑里时时刻刻的执着。

就如松横陡岩，风霜雨雪不改其姿；就如日月经天，云飞雾扰不减其辉。唯吾厚吾德，才能从容漫步，才能坚守生命的本真，立足于人生的大境界。

昔日含红复含紫

我便在这熊熊的燃烧之中，在这吐焰喷烟之中，看到了树木生命的另一种蓬勃。

有一年的晚春，我和朋友去山上挖松明子。松明子是指松树倒下枯死后，在泥土中沉埋，松树的油脂与一部分木质交融，经过漫长的岁月后，别的地方已经腐朽，可是松油与松木相融的部分却留存了下来，形成特殊的物质。好的松明子，色泽鲜艳，松香弥漫，是加工成各种工艺品的绝好原材料，被称为北沉香。

我们艰难地行走在小兴安岭的山林中，依然是万木萧瑟，随处可见沉睡的雪。虽然时节上春已将近，可眼前，似乎春天还很遥远。虽然松明子埋于地下，但是于地面上总会有显露的部分，朋友们寻找着，挖掘着。我的目光在林中飘移，周围除了游荡的风和沉默的雪以外，便是万木共守的阒然。时见一些倒木横陈，多是极高大者，便想象着它们曾经怎样的顶天立地笑傲夏雷冬雪，想象着是什么使它们轰然倒地。

每一次上山，遇见那些倒地干枯的树木，都会神飞良久。它们曾向天空伸出无数臂膀，牵一缕流岚，握几丝长风，缠数声鸟鸣，而倒下的那一刻，又是怎样惊天动地地告别了这一切。可眼下与大地山脉紧紧相依的它们，看似毫无生机，却又似生机无限，因为它们已经是山的一部分，是大地的一部分。只是，心底依然有着一丝怅惘，"昔日含红复含紫，常时留雾亦留烟"，这是卢照邻在长安之北渭桥之边，面对一株枯木时所发的感慨。真的是这样，除了被迫，没有人愿意告别"春景春风花似雪"的盛况，落尽繁华，做一株被人遗忘的枯木。

其实每个人都曾有过"千尺长条百尺枝"的生命盛时，虽然或者于失败中默然，或者于岁月中沉寂，虽然在生活的大河中如一滴波澜不兴的水，可他们已与生活水乳交融，表面落寞，内心却依然澎湃着旺盛的生命力，所以，我们总会在面对某些人的时候，无来由地肃然起敬。

于是时间久了，面对春树春花，我反而没有面对山林间倒卧的一株枯木时思绪更缤纷。有时候在朋友家，看到灶口里燃烧的木头，知道那些木头都是朋友上山去拉回的枯树倒木。我便在这熊熊的燃烧之中，在这吐焰喷烟之中，看到了树木生命的另一种蓬勃。能留下一片光，能留下一份暖，这才是最美的告别吧！

我也曾在山林之中，看到腐朽的枯木之上，竟然再度生出细条嫩叶。我不知道，是怎样的一种力量，或者怎样的一种召唤，让枯寂的它再度露出笑颜。我知道，这世上也许没有什么枯木逢春，它也许只是体内的生机并没有完全灭绝，才在某个如旧的时刻，萌动而出。就像许多许多的人，看似麻木枯槁，可心底依然有着一粒希望的种子，会忽然在某一天，绽出一朵温暖。虽然是那么微不足道，却能葱茏整个生命。

身处山林已是归隐，而山间枯木，就是归隐中的归隐。曾含红含紫、留雾留烟，也曾伴雨携雪、邀风揽月，然后辞于天、归于地。生命本就洒脱，羁绊皆来于内心的欲望，当我们劳而不得之后，能转身遇见清风明月是一件幸事，如果不知回头碌碌而终老，那就是真的枯了。

那次上山挖来的松明子，我也得了一块。我并没有对它进行加工，只是摆在那里，那是树一生的蕴敛，在尘世中自成芳华。每日里与之相对，它在无言地诉说，我在沉默地聆听。

谢谢你路过我的成长

那些匆匆擦肩的人，或许只是无意的种种，却在我心里播下了太多美好的种子，当我独自前行时，当我落寞重重时，便开出千树万树的花朵，给我长久的芬芳与希望。

在我的成长中，许多曾经与我同行一段的人，都在我心上留下了深深的印痕。成长是一个花开的过程，有人说，花开也是一个疼痛的过程。可是，在那葱茏岁月里，有多少双手曾温暖我年少时的疼痛，有多少目光曾轻抚我无知的任性，甚至那些曾经认为的伤害，也是医我青春之痛的心灵手术。

先说说老师。在孩提时代，也许容易走进孩童心灵的老师都是性格极好的，像亲人一般，在最初的生命中印进难以磨灭的温暖。而再长大一些后，当青春岁月呼啸而来，老师往往会引起我们的反感，这个时候，能让人记住的老师，或是对我们特别好的，或是特别不好的。

一年级的时候有个女老师，我们都很喜欢。她那时很年轻，对我们也有耐心，刚入校门的一些同学，甚至会不自觉地叫她"妈妈"。之所以现在依然记得她，是因为她打消了我对上学的恐惧。那时我和别的孩子不一样，别人都渴望上学，我却对上学有着一种说不清的害怕。可惜她只教了我们半年，虽然时间短暂，却是在我的学生时代写下了温馨的第一页。

初中时，刚刚从农村搬进县城，转入新学校，那种最初上学的恐惧又出现了，而且最让我崩溃的是面对城里学生的自卑。那种自卑仿佛与生俱来，本已埋藏在心湖深处，这一刻全都浮出水面。学习吃力，与城里学生交流不畅，时日一长，心里一片暗淡。就在这个时候，有一个老师出现了，实际上她一直都在，只是，她忽然注意到了我。每次作文的后面，她都会用红笔写上一大页的话，这像一团炉火，让我的心渐渐温暖，又生长起无边无际的美好。

那时初离故乡，虽然并不遥远，但那份思念却时时萦怀，在少年的心中刻下一道不可磨灭的印痕，于是作文里时常出现乡愁。那个语文老师便在作文后告诉我，她也曾离开过故乡，也曾有着同样的思念。老师和我无声而坦诚的交流，让我感受到了温暖的希望。只是，她只教了我们一年，便搬到了遥远的另一个城市，此后再也没能见到。

她走了以后，所有的负面情绪重新包围了我，阳光刹那消失于阴云之下。本来学习就有些跟不上，此后便更是放任自流，甚至开始敌视身边的每一个人。

后来新来的班主任是个男老师，他对我极为严厉。我当时觉得那是一种歧视，因为无论我怎样努力，在他那里换来的永远是白眼与冷遇。若是他冷漠，若是他不理睬，我反而会觉得好些，可是他却在一次又一次的对比中，将我本来就脆弱的自尊一再地践踏，仿佛我付出的努力只是他用来羞辱我的借口。于是仅有的一丝进取心也消散殆尽，任他去说。后来，当我觉得那种侮辱到达一定程度时，我终于让所有的压抑变成了力量。但即使我成绩已经是优秀，依然换不来他那张脸上的一丝笑容。他从没对我笑过，直到毕业。

几年后，去上大学临走前，去初中母校闲逛，在校园里看见了他。他一动不动地坐在轮椅上，他妻子推着他。我蹲下身仔细地看着他，他亦看着我，终于，慢慢地，他的脸上艰难地露出一丝笑意。师母说，他一直都在打听着我的消息，他一直为我自豪。那一瞬间，我心底的坚冰崩碎消融，全化作暖暖的感动。

在我十几年的学生生涯中，特别是少年的那些时光，如果没有那样几位老师，也许我会走上一条和现在完全不同的路。其实不管是怎样的路，若是有人能用温暖的身影陪伴着、引领着，就是一段幸福的旅程。而有一些校园之外的人，虽然没有一直相伴，却在偶尔的同行或邂逅中，默默地教会了我许多，让我在以后漫长的风雨起落中，每每想起，依然心存希望。

少年时有过一次离家出走，在离家千里的火车上身无分文，邻座阿姨下车前送我的一本书里夹着的五十元钱，还有在春花背景中她的温暖笑脸，一下子触碰了我心中最柔软的地方。高考失败后，我去遥远的地方散心，当火车穿越最长的隧道时，一位盲人大哥平凡而又蕴含深意的话语,打开了我心中紧闭的那扇美好之门。还有在大学里,孤独的我在寂寞的生日时,在结冰的河畔雪地上,看到那个女生留给我的祝福,冰天雪地立刻充满了温情……那些匆匆擦肩的人,或许只是无意的种种,却在我心里播下了太多美好的种子,当我独自前行时,当我落寞重重时,便开出千树万树的花朵,给我长久的芬芳与希望。

甚至,我要感谢一个孩子。我见到她时,正是夏天,在叔叔家的村里。十岁左右的小女孩,就安静地坐在院门前的树下看书,一本普通的一年级《语文》教材。我仔细一看,很是吃惊,她的书竟然是反着拿的,便问原因。小女孩告诉我,她每天就坐在这里看书,弟弟上一年级,他的书她都已经看得很熟了,几乎全能背下来,没事时只好倒着看,要不也不知道做什么。我很感动,一直以来,很少有这样的情景能直入我心灵深处。我离开村子时,送了她好几本书,她很高兴,说要和弟弟多学习识字,要好好地看书。

走到村口,回头依然是那个小女孩的身影,依然坐在门前的树下。她是一个残疾孩子,每天只能坐在那儿,看她手里心爱的书。感谢能遇见她,让那时还不喜欢学习的我,有了心灵的震撼。如今回首,已是遥远往事,那个孩子却依然在我心里,在夏天里,带着阳光般的笑。

成长的岁月匆匆如天上云,仿佛还在路上,就已经散尽。可是那些人,一直在心底,如星光闪烁,指引着方向,像脚前的灯，照亮长路长夜。这么多年过去，当年的人再也没有见过，可是却一直行走在我的青春岁月里，使得那一段圣洁遥远的时光也成了生命中最为珍贵的所在。

在我的成长岁月中，你们，就是最美的风景。

阅世长松下

阅世长松下，并不一定是远离尘世，也并不一定非要把一切看淡看穿，能让心底对日渐厌烦的生活有着一种新鲜的热爱，就好。

秋天的时候，和友人上山去打松塔。阳光和秋风被密密的林木筛得渐细渐无，我俩钻过刮衣刮脸的丛生的灌木，也顾不得驱赶蚊虫，艰难地爬向高高的山梁。那几棵红松笔直高挺，卓然出尘。稍事休息了会儿，友人利落地爬上高高的树顶，把那些松塔掰落，我就在树下不停地捡拾，聚拢到一处。

几棵树下来，便有了一大堆松塔。我们坐在树下，边闲谈边用一截粗树枝把松子从松塔里敲打出来。此处接近山巅，长风已然无碍，便觉全身清凉。高处自可远眺，除了苍莽不断的山岭，依稀似可见人烟。除了风声、鸟啼，或偶尔入耳的山溪潺潺之音，余无他响。驰心骋怀之间，便觉荡心涤虑。

"阅世长松下，读书秋树根。虽解书中事，犹难世上真。"

人与松相伴，便总会被松的孤清所感染，便不知不觉地淡了尘世间的是非之事和纷争之心。古代的一些隐士，或许是因为怀才不遇，或者以避乱世，或许那时心中还有着些许不平愤懑之意，可是于林泉之间久了，便会心如明月，放下许多东西，实现了真正的归隐。

就像我此刻高坐于长松之下，淡看山下红尘，那些熙来攘往的，那些生生灭灭的，便都化作山间的流风流云。片刻的超脱便已然如此，那么诸如"白首卧松云"的孟浩然，"松下清斋折露葵"的王维，那些多年于山林间徜徉之人，又该是怎样的一种胸襟？"但去莫复问，白云无尽时"，心如浮云，意若流水，无法企及的悠然和超然。

喜欢看丰子恺先生的漫画，特别是那些山间的小屋，房前或房后有高高的松树，简单的几笔，就勾勒出一种悠远闲淡的意境。我也总是幻想着，如果能生活在那样的情境之中，每天山云山月临窗，山鸟山花入目，坐在门前松下，捧一卷书，与清风阳光一起翻阅，那么，尘世间的千种欲望万般诱惑，便远如隔世。也明明知道这只是美好的憧憬而已，却也常常流连。即使"身"无法脱离樊笼，让"心"有着短暂的隐逸情怀也好。

总想起三十多年前，家乡的一些老人，每到傍晚，他们会聚在一起，偶尔闲谈，更多沉默。我所在的大平原上的村庄，少有松树，都是高高的杨树。斜阳涂抹着将暮的大地，老人们就坐在树下，村庄、大地、夕阳，似乎在他们眼中都很遥远。我知道，他们不可能世事洞明，也不可能说得出人生的什么大道理，可是那一刻，他们依然是超然的，就像身畔的老树，虽默默无语，却自成境界。

其实我也明白，这只是说起来容易。可以短时间地在那种生活里流连，可以暂时忘却世间的牵挂和烦恼，若是真让我长久地在松下生活，估计会忍受不住那份寂寞。一个人的归隐，是要经历太多的过程，也要经历太艰难的心路历程，才能回归那份自然，回归生命的本真。或许根本无须刻意，就像家乡的那些老人般，在烟火尘世里度过一生，便自然看淡看远，他们目光抚过的尘世，已然是云淡风轻。

我和朋友背着打好的松子，向山下慢慢地走，一步一步接近着人间，身后的那几棵松树，依然高高地默立。心里已经没有什么遗憾，能有这山中半日，便已是难得的际遇，可以缓冲多少心灵的负荷，濯洗多少生命的尘埃。在自己的心里生长一棵松树，再加上一轮明月，一缕清风，是不是生命就可以清宁一些？想到这里，自己都笑了，虽然只是一种自我安慰，可是有这样的想象也是好的吧！总比忧烦缠心要好吧！

下了山，走进城市的扰攘之中，竟是有着一种亲切感。原来，阅世长松下，并不一定是远离尘世，也并不一定非要把一切看淡看穿，能让心底对日渐厌烦的生活有着一种新鲜的热爱就好。

远去如花

花儿只要有阳光空气甚至极少的水就能存活下来并绽放,而这个残疾女人,亦是如此。

曾经有很长的一段日子,一直慨叹自己生命中的那些幸福过快乐过的往事都已逝去无踪,汹涌奔向眼前、心底的,似乎都是不被预料的挫折和坎坷。就仿佛人生一下子进入了漫漫长冬,春暖花开成了遥不可及的梦里风景。

想起春暖花开,便想起了那一年在一个偏远的山村小学当代课教师时,班上一个叫李叶叶的女生。那是一个贫穷落后的地方,甚至连电都不通。每一家都是破败的石头房、斑驳腐朽的木板围墙和院门。正值夏天,我去李叶叶家家访。一进院子,立刻被花的世界包围,满院的花儿在风中轻吐着缕缕芬芳。一时间,我愣在那里,之前也曾走访过许多学生的家,几乎每一家院里都是零乱至极,不是堆着木头就是石头,眼前这一片炫目的灿烂,让我有一种很不真实的感觉。

李叶叶的母亲告诉我,那些花都是李叶叶栽种的,而且她每天都去井边提水浇灌,已经三年了。十三岁的李叶叶对我说:

"我不喜欢院子里那么脏、那么乱,虽然我们每家都很穷,可是种些花也不用花钱,就是多去提几趟水,那又能累到哪儿去!老师你看,这一院子的花,出来进去的,看着心里也舒坦!"

第一次,在这个贫困的山村,我看到了一种美好的希望。之前,看着每一家的萧条,看着每一张脸上的麻木,心里就泛着无来由的沉重。似乎只有在那些学生的脸上,才能看到一种生机,却也担心以后,他们会像父辈一样在这贫穷的风霜里沧桑了笑容。

还有一年,客居在沈阳。那时刚刚大学毕业不久,在那座城市里艰难地为梦想而奔波劳碌。我住在城市边缘的一个破旧的二楼里,每天要穿越大半个城市去上班,基本是"两头不见太阳"。就这样日复一日,直至世事的风霜让心中的梦想蒙尘。

有一个周日,起得晚,推开窗,很好的阳光,六月的空气带来城市外的清新。蓦然间,便闻到了一股淡淡的清香。四下张望,见对面的平房里,一个女人正往窗台上摆花盆,花盆里绽放着几朵小小的淡黄色的花。这一刻,向来对花卉不感兴趣的我,忽然仔细端详起那盆花来。植株极矮,花朵也小,一种很浅淡的香,似乎随时都会消散于空气之中,只有在心平气和的时候才能嗅到。虽然我根本不认识那盆花,但在那个上午,却被它长久地吸引了目光。

终于,午后去向那女人请教。那是一个坐着轮椅的残疾人,我知道,她在附近的一所郊区中学当老师,很坚强也很乐观的一个人。她告诉了我花的名字，但是现在已经记不起了，只记得是一个很普通的名字，而且这花生命力极顽强，长久不浇水也不会枯萎，冬天的时候也冻不死，天暖了会自然长出新的枝叶，然后开花。她说："我很喜欢这盆花，它陪伴我好多年了，也许，我是需要它的那种顽强精神来鼓舞自己吧！"

是啊，这样的花儿，和她的确很像。花儿只要有阳光空气甚至极少的水就能存活下来并绽放，而这个残疾女人，亦是如此。只要心中有希望，不管遭遇怎样的艰难，都会对生活露出最真诚的笑容。

在一个很深的夜里，想起了那些远去如花的幸福和欢乐，也想起了与花相关的几个人，心里便轻松了许多。生活也许并非如我想象般艰辛，或许只是我已经太久没有拭去心里那些梦想上的尘埃，而且，在那个夜里，很巧的，上网竟看到了当年的李叶叶在大学里发来的邮件。她说："老师，还记得我当年种的那些花吗？今年又开放了，现在是我妹妹在照看它们。我的家乡已经变样了，再不像当年那样贫穷，而且，每家的院子里都有花儿在开放……"

是的是的，那些花儿谢了，明年依然会开，它们永远不会丧失开花的心，而我们生命中那些逝去的美好，也定会如那些遥远的花儿般，次第绽放，一一重来！

如果重来，依然如此

二十年后，在他的婚礼上，看着母亲已经白了的发，想着这些年的种种，心里的坚冰便顷刻间融化，化作两行滚烫的泪。

一

一个女子，婚姻不幸，忍辱负重多年，终于走出了桎梏，而这个时候，她已经步入中年，最好的时光都已消散在不堪回首的往事中。

有人问她，如果一切重来，你还会选择那样的婚姻、那样的生活吗？

她愣了一下，说，如果真能重来，我还是会那样选择。

这是一个让大家始料不及的答案。可以说是一种无悔吗？又是为了什么？难道她对误她半生的那个男人，依然有着无法割舍的情愫？

她却浅浅地笑，云淡风轻。她告诉大家，虽然相遇很美，虽然相爱时也很美，可都不是她选择重来的理由。她说，我要让我的女儿也能再一次来到这个世界上，她是我真正的不舍，虽然没有给她更完整的幸福，可是，我不能没有她，而她，也不能没有我。

二

以前的邻家，有一个疯疯癫癫的老大娘。她每日里都会伏在二楼的窗前，对着外面不停地念叨。我细听过几次，含糊的言语中，说的都是她的孙子。

她疯了二十年了。二十年前的一个夏日午后，她带着五岁的孙子去城西的郊外。她见孙子站在那儿出神地向远方看，便趁着这工夫去了趟不远处的厕所，可回来后，孩子就不见了！从此她的一颗心便丢了。

孩子找到时，已经长成了二十多岁的小伙子。虽然已音容迥异，可当他叫了一声"奶奶"后，老大娘的眼睛却一下子就清明了。虽然没有全好，但是却比以往强了太多，二十年前的事都能记起，只这二十年是一片空白。有时总恍惚着将现在与过去对接，分不清时光的流逝。

我们都想，她明白过来后，一定极为后悔，当初不该带孩子去郊外。

可是，有时，她似乎一下子回到了当年，对着身边的孩子说："走吧，你不是想去西边看你爸妈回不回来吗？奶奶带你去！"

三

她长大后,终于知道自己不是父母的亲生女儿,而此时,她也有了自己的事业,也有了自己的家庭和孩子。看着可爱的女儿,想着自己一直以为幸福着的童年和成长经历,才发现,自己其实一直是不幸着的。

费尽周折,终于找到了自己的亲生母亲,面对那个白发苍苍的老太太,她竟无法找回半点记忆,岁月太遥远,遥远到那时她还没有记忆。可是,心里的那份亲近感,却是从未有过的。她们相拥,她们流泪。

老太太并没有告诉她,这些年来,为什么一直没有再要孩子。在老人的心里,永远放不下这个当初送人的女儿,她每一天都惦记着女儿,她怕如果再要孩子,会淡了对女儿的想念。

邻居们看到老人这么好的女儿,都说,多好的闺女,要是再回到过去,她一定不会把女儿送人,哪怕再难也要养大。

老人却知道,如果再回到当初,她依然会把不满周岁的女儿送人。因为,她宁可女儿在不明真相的幸福中长大,也不愿意让她在另一种不幸中成长。

四

那一巴掌让他的心冷了二十年。

那时他才九岁,便被母亲狠狠地打了一耳光。他愤怒,他怨恨。那是他第一次挨打,而且,那以后,便经常挨打。他无力反抗,如果离家出走,被找回来后,就是更猛烈地打骂。

他便凛然,只好小心翼翼,而心里却埋下了仇恨的种子。于是,他变成了在人们眼中的好孩子,学习努力,而且很懂事。他的心里却像压着一块冰,甚至,从没叫过妈妈。

二十年后,在他的婚礼上,看着母亲已经白了的发,想着这些年的种种,心里的坚冰便顷刻间融化,化作两行滚烫的泪。他喊了一声妈,母亲也是泪流满面。

母亲说,如果再回到那时候,我还是会打你。我宁可背上骂名,也不能纵容你学坏,反正,后妈又有几个名声好的?

遗憾是回想的空间

如果一切可以重来，人们都过上了想要的生活，依然会憾事斑斑。

前些日子，一个朋友说要来我这儿玩几天。我对他说，虽然我这座城市不是什么名城，却也有一些好去处，并给他一一做了介绍。他却笑着告诉我，我要是真去了，那个最好的景点就一定不去游览。

我每到一处，必是先游览最好的景观，而且把所有能游的都游一遍，还是会意犹未尽。而这个朋友却与我不同，他去哪个地方都是余下一处名胜不去，然后归去。我曾问："为什么偏要漏过一处，好不容易去一次，为什么要留下遗憾呢？"他说了一句意味深长的话："就是为了留下遗憾，这样也就有了无限回想的空间！"

我的心中如响起了晨钟暮鼓，一时顿悟。想想看，曾经去过的那么多地方，曾经走过的无数名胜，可真正能记得的又有多少？甚至于有些地方，连名字都记不起了。常常是在发黄的照片中，寻找到一点曾经的痕迹。如果那些胜地的十景八景，当初我若不游个遍，也许现在仍会耿耿于怀，而在那份遗憾中，那些景观，那些城市，该是清晰如昨吧！

似乎有人说过，遗憾也是一种美。是的，如果真的花开四季不败，真的月圆逐夜不缺，如果真的一帆风顺、万事如意，那么世间将会错失多少美好、多少憧憬和期待！世间事皆是如此，未曾经历波折而轻松得到的，心中的珍惜之情必然不足，而那些于遗憾中辗转擦肩而过的，常常会成为一生的回忆。当时的失意与惘然，经过层层的岁月濯洗，竟都会化作一种温暖的幸福。

有一年，我认识了一个失明的女孩，她在六岁的时候，一次偶然的事故，导致了长达十年的黑暗。随着时间的流逝，六岁之前眼中所见的世界已经飘摇模糊，有的只是无穷的想象。后来，奇迹般地，她的眼睛居然被治好了，世界又充满了色彩。可是，她的眼中始终有着淡淡的失落，问她，她说，一切都和想象中差得太多了。就是这种落差，粉碎了美好的憧憬，成了另一种遗憾。无论是失明的遗憾，还是反差的遗憾，都会让她回想起曾经的美好，这就足够了。

任何人的一生，都会充满着遗憾，执着于一时的得失宠辱，必会对未来的心境影响深远。其实，生活就是如此，那些未曾经历过的，未曾拥有的，总是最好的。如果一切可以重来，人们都过上了想要的生活，依然会憾事斑斑。那么多的遗憾交织，将我们生命的空间拓展得极大极广，也成就了丰富的一生，那是一种幸福，也是一种幸运。

第三辑

回归平凡的事物

柳絮在身畔纷纷扬扬,有一些便栖在了书页间,
那一本书里,便夹满美好的季节书签。
就像生命中的每一个六月,
都静美着开启一种新的希望。

满园岁月香

回望满园的草木正在欣然着走向繁盛，也看到了自己的青春还在其间绽放，便微笑，连一些物是人非的感慨也消散了。

我很庆幸搬进县城以后，虽然离开了乡土的广阔自由，离开了田野上无边无际的乐趣，却并没有完全被桎梏在车水马龙之中。因为县城里确实有几处怡然的地方，可以将我寂寞的青春静静地安放。

那时除了去萧红故居独坐，去呼兰河畔漫步，还经常去离家很近的一个公园。公园叫西岗公园，可能是位于城西高地的缘故。那是一个绝好的去处，很静，特别是幽深处，只有风儿在游走，只有鸟儿在啼鸣。许多次说过，我的青春是寂寞的，或许也不能说是寂寞，就是一种心灵上的无依。特别是离开故乡，再加上那段时间与新同学不熟悉，举目没有熟识的人，而且也是有着一种自卑，闲暇的时候，便步行五分钟，去公园。

走进大门，从大广场的北边走过去，经过那座古老的四望亭，便是一片矮矮的林。林中有着一座塔基，周围荒草丛生。常常站在那儿发一会儿呆，想着曾经是怎样的一座高塔，如今却只余沧桑。向南走上几十步,便是萧红墓,虽然知道只是一个衣冠冢,却总是能让我的目光久久停留。继续向西,出了矮林,便是一条从南到北纵穿整个公园的大沟,很深,并没有流水。沟上一座石拱桥,同着风儿一起走过去,就是公园的另一半。这里,便是高高的林,林间几条小路,曲折着通向惬意的去处。

我就是这样,慢慢地穿行于这片林木之中,地势又低下去,看见公园的西墙,看到那一角小门。目光越过围墙,便会与不远处呼兰河的流水相接。倚在某棵树上,遥看一河波光,便洗去了心底的诸多烦恼。即使冬天的时候,我也是这样走到这里,雪地上一串长长的足迹不离不弃,河流虽然凝固了,却依然在我的眼睛里写下了清澈。

所以最初的时候,我眷恋着公园的西半部分,也不知从哪一天开始,便喜欢看东边热闹的人群,闲走的、跳舞的、扭秧歌的。那些以前吵扰不堪的音乐声,也不再觉得厌烦。后来就来得少了,上了高中,学习紧张,偶尔来一次,想起以前的心境,便也觉得感慨。幸好走出来了,这个园子,有着一种可以让心灵宁静下来的东西。

只是没有想到,我落寞的心竟再次与这个园子相遇。大学毕业后有一段时间,那么多的梦想破碎在现实中,再加上一些事情的不顺,整日里都有些消沉。有那么一个午后,鬼使神差一般,又走进了公园。看着熟悉的一切,想着曾经的小小少年,便恍惚了一下,仿佛一阵风走过的刹那,六七年的光阴就溜走了。没有走曾经总走的那条路，矮林间有一块空地，传来棋子敲枰的声音。下象棋的有好几伙人，每处对弈的两个人周围，都站满了观战者，多是中老年人。本来就对象棋感兴趣的我，便也挤了进去，看其中的两个人酣战。

一看就看上了瘾，楚河汉界之间，便浑然忘了忧。于是每天去看，渐渐地，由围观到上阵，由败到胜。后来，经常出现我和一群人对弈的情况，那些人研究半天，才走出一步，而对面坐着的对手，全然成了傀儡。那许多日子，就是这样度过，我的棋艺也突飞猛进。秋天快过去的时候，有一次，大战一场之后，<u>从棋盘前站起身，看到空地上满是落叶，四望之间，那些高树矮树，都已删繁就简，忽然觉得，自己的心里也是空旷了许多，以前那些琐碎的种种，不知何时已随长风散尽。</u>

离开了下棋的那个幽隐之地，便再没去过。此后便离开了故乡的小城，二十年如一个不真实的梦，其间回去过几次，都是匆匆，无暇再去旧地。去年的初夏，陪姐姐回呼兰办事，办事的地方紧挨着西岗公园，便再次走进去。公园最热闹的东半部分，被修建得更好了，四望亭依然。我沿着曾经那个少年的足迹，一步一步，向西，每踏出一步，都敲响岁月的回声。从少年到中年，从故乡到异乡，多少情怀已不再，多少情节已被光阴篡改，而如旧的园子，却依然给了我久违的温暖。古老的塔基，萧红墓，石拱桥，远处的呼兰河，还有我的脚步，都不曾改变，只是那片林子却如我一般，不再年轻。

返回矮林中的空地,远远地听见棋声笑语,心便活跃起来。到了近前,细细地看每一个人,却早已没有记忆中的那些面孔。时光,在这里,上演了流逝。我挤在观战的人群里,带着微笑,看着,看着,一盘棋的时间,重叠着那年的两个季节。离开的时候,回望满园的草木正在欣然着走向繁盛,也看到了自己的青春还在其间绽放,便微笑,连一些物是人非的感慨也消散了。

慢慢地走出来,不断地回望,满园的芬芳和回忆也在看着我走远,就像那许多许多的岁月。

夜雪的声音

世界上的黑与白这样和谐地融合着，黑的是夜，白的是雪，黑的是我的眼睛，白的是我的灵魂。

    有谁在茫茫大雪的夜里用心倾听过雪花亲吻大地的声音？就像嫩芽破土而出的声音，就像花开的声音，让人的心中充满了濡湿的感动。

    很多年前的一个冬夜，我从梦中惊醒。那时自己还是一个不解世事的小孩子，当时正在发高烧，看见外面雪在大片大片地下着，便爬到窗前向外看。雪花扑在玻璃上发出轻微的声响，这让我莫名的激动。那是第一次发现下雪也有声音！后半夜，我烧得更严重了，妈妈便背着我去医院。雪还在下着，四周一片寂静，伏在妈妈的背上，只能听见脚踩在雪地上发出的"咯吱"声。我昏昏沉沉的，仿佛一切是一场梦。现在想来，妈妈的后背驮着我童年所有的梦想啊！我看见雪花一片片地落在妈妈的头发上，不一会儿她的头发就一片雪白了。那时我还没有想到，岁月的大雪终会染白妈妈的黑发。那条路仿佛走了很久，雪一直在飘着，感动一直在心间。

童年时眼中的世界就是这样,温馨而美好。每次走在夜雪的路上,我总有一种伏在妈妈背上的感觉。世界上的黑与白这样和谐地融合着,黑的是夜,白的是雪,黑的是我的眼睛,白的是我的灵魂。身后那串深深浅浅的脚窝里,盛满着对生命的感悟与感激。

在我的生命中还珍藏着另一个雪夜。那一年我高考落榜,在补习班复读,心境暗淡而苦涩。有一天放学后天已很黑,外面下着雪,我忽然不想回家,便一直走到河畔。天地一片苍茫,凝重的是黑色,灵动的是白色,凝重的是我沉沉的思绪,灵动的是不可捉摸的梦想。我坐在雪地上,任雪花将我包围。这时我又一次发现,落雪是有声音的,轻轻的,仿佛来自心底的震颤,只有用感悟的心才能听得到。在我迷迷糊糊间就要睡去的时候,妈妈的呼唤声远远地传来。无言地走在回家的路上,"咯吱咯吱"的踩雪声传递着妈妈无尽的爱意。回到家中,门外的雪仍在下,我心中的雪也纷纷扬扬,把黯然的心境映衬得一片圣洁。脸上湿湿的,是融化的雪花在暖暖地流淌着。

多年以后的一个冬夜,刚刚经历失业与失恋双重打击的我病倒在床上,觉得身前身后都是寂寞的陷阱。孤单地躺在床上,又一次听到了落雪的声音,仿佛是我的心碎声。就让这大雪把所有的希望冻结吧!忽然门开了,一个人闯进来,满身满头的雪。是母亲!她连夜从乡下赶来看我,一进门就问:"你怎么样?你怎么样?"摸了摸我的头后,妈妈着急了,说:"发高烧了,我背你去医院吧！"我摇了摇头，看着容颜憔悴的妈妈用手拂掉头上的雪，可她的头发依然是雪白的，我流下了两行眼泪。所有的伤痛在深深的母爱面前都已微不足道，心已暖暖的，复原如初。窗外落雪的声音越发轻柔，就像我悄悄的落泪声。

　　人生风景匆匆游走，总是在飘雪的夜里，在轻轻的落雪声中重温往事的沧桑。蓦然回首才发现，在那些寒冷的夜里，那个披着一身风雪、给我最无私的爱的人，才是我一生中浓得化不开的牵挂！

我的青春是一条街

时间仍在,是我们飞逝。

我的心里住着一条街,收藏着青春里所有难忘的情节和点滴的细节。它并没有原型,不是家门前那条僻静的路,不是校门前那条热闹的街,它只是我的心一次次走过回忆,足迹重叠成的眷恋。

那条街随着我不断的回望而延长着,路旁长着很多古老的树,摇着风和阳光,缠着雨雪,也记取着我的每一缕足音。家就在树荫下,矮墙木门,小小的院落长满了母亲种的花草。走出门,我就能听到有个院子里传出小女孩的歌声,听到对面人家的小夫妻不间断的争吵声,听到一个男孩忧伤的吉他声。学校在街的正中,很大的院子里,流淌出读书声和笑声。

每次从校园里出来,我都会走进不远处的小书店。那里卖书也租书,我偶尔买,也会租,买的都是一些名著,租的多是武侠小说。更多的时候,我只是站在那里看,一直看到不得不离开。也经常去另一家店里,买信封、邮票和稿纸,那时忙里偷闲地写了很多稚嫩的文字,大着胆子投稿。临近元旦,街边会出现许多小摊,卖各种精美的贺年卡,我们便挑选一些,上面还沾染着雪花，写下一份祝福，送给要好的人。

无论冬夏，我最喜欢去的，还是那片树底下，许多书摊排列着，各种杂志陈列着，我会一本本地翻看。投稿之后，我会翻开那些杂志的目录，期待看到自己的名字。我的第一份惊喜就是收获在那里，虽然第一篇文章发表时，也是我高考失败的时刻，可两种心情却碰撞出终生难忘的感受。

有两个重要的地点，是那条街上不变的守候，也是我放逐心灵的去处。灰墙红门的萧红故居里，留下我很多的心情。不知到底有着什么在吸引着年少的我，每一次流连在那个院子里，都会让落寞的身影和寂寞的情怀渐渐生动起来。萧红的后花园里，依然重复着不变的秋黄春绿，总是让我想起乡下的故园。

西岗公园在街的尽头，四望亭、萧红墓、拱桥、巨大的仙人掌、大片的树林，还有远处的呼兰河，依然在时光深处呼唤着我。孤独的脚印写满了每一处，那个寂静的园子里，有我的青春一直在流浪，还有许多年轻的情节，依然在一遍遍上演着相遇与分离。

在我的青春岁月里，萧红故居和西岗公园是最长久的相伴，它们宽容地接纳着我所有的轻喜悄愁，以致多年以后，我竟不敢回望，不敢去寻找那个独行的少年。我怕我猝然的目光，会惊散许多栖息着的美好。

每次路过那家录像厅，都会被门前那些宣传画吸引，那么多的港台明星，那么动人的场景，只是他们从没让我放慢的脚因此停留。那几年我只进去过三次，每次都看了好几个片子，可留在记忆里的却只有三部,《阿郎的故事》《天若有情》和《秋天的童话》,都有关生命、爱情、珍惜和离别。它们在我的青春里绽放着,绽放成永不褪色的画面。

那个台球室只进去过几次,还是看着别人玩儿。我对打台球并不感兴趣,反而旁边那家电子游戏厅,我去的次数较多,甚至还曾逃课去玩过。那是一段很迷茫的时期,已经选择了复读,却心境暗淡,总觉得是在失败中挣扎,是在挣扎中摸索。虽然打游戏的时候会暂时忘了苦闷,可时间长了,另一种空虚便开始无尽地折磨我,所以,游戏厅也成为了我的历史。

放学后骑着一辆破旧的二八自行车,和一些同学一起慢悠悠地边蹬着边说着,然后人越来越少。我家最远,最后还在身边同行的,只剩下一个女生,却反而没有了话题,就那样默默地前行。在一个转角处,她转入另一条路,用微笑告别。日复一日,直到有一天那个女生回老家参加高考。有时候会想起奥斯丁·道布森的名言:"时间仍在,是我们飞逝。"毕业时我们几个曾在街角的小饭馆喝醉,然后便摇摇晃晃地在街上边走边大声地唱,唱得路灯都睡了,我们才回去。

不知什么时候就走出了那条街,却再也回不去,只能远远地回望,看着自己的青春还在那里哭着,笑着,葱茏着。长街短梦,而我已走过了多少山河岁月,心上又蒙上了多少层尘埃,更错过了多少风景。曾经惜别的都不会再来,幸好我在心里走出了另一条街,依然住着我的青春。

六月絮飞

飘零之伤、辗转之恨全无,只有自由之心、自在之意。怀才不遇时洒脱悠然,有机遇就趁势而起。不怨东风,不叹身世,一切都自然而然。

    我们的六月,也会在白天敞开着窗子,不是为了凉快,而是为了温暖。屋里依然会有些阴冷,让暖暖的南风在室内游走几圈,封闭的空间才真正地融入季节中去。

    这个时候躺在床上,阳光落满全身,风也轻轻缓缓,便会有些昏昏然。远处街上传来车声,或者偶尔的叫卖声,很清晰,又似乎很远,清晰得似近在耳畔,远得像隔了一个梦。就在一只脚刚迈进梦的门槛时,忽觉有什么轻触脸颊,悄然驱散了睡意。张开眼用手轻拿,是一片盈盈的柳絮,望向窗外,漫天晴雪正和阳光一起飞舞。

    于是走出房门,把脚步放逐于山水之间,时光总是在不知不觉中暗换,满堤故柳开了青眼仿佛还是昨天的事,只是一夜之间,就已絮飞如雪。草丛中、树根下、墙角边,柳絮团团簇簇地拥挤着,柔软的白便柔软了目光。走上另一段河堤,一旁都是高大的绿杨,它们也垂挂着串串的絮,正等着风来远送。

古代所说的杨花一般是指柳絮，古诗词中的杨柳其实只是指柳树。柳树在古代叫杨柳，那么杨树呢？古诗词中虽然也有绿杨、白杨，却多是在墓地的情景中出现，所以杨树经常是作为一种凄凉愁苦的意象。杨花和柳絮是非常相似的，就像此刻，我在满天飘荡的轻絮里，分不清哪一朵是杨花，哪一朵是柳花。就像很多时候，我分不清两种相似心情的来处。

一路从古诗词中走来，觉得人们真是寄予了柳太多的情怀。本来是想"留"，却一直留人不住。折柳相送，那么多人都如柳絮一般飘飞了，且漂泊不定。想留，留下的却只是思念与守望，一年年的放飞，才是常态，而对于柳树本身而言，不择南北，无论东西，陌上桥头，山间水畔，有人之境，无人之处，都有它们依依的身影。它们就在那里，当目光和心情缠绕过去，才会生发出种种的情绪。

其实，如果非要给飞絮赋予一种情感的话，我更喜欢《红楼梦》中宝钗咏柳絮的《临江仙》中的描述，其中下片是这样的："万缕千丝终不改，任他随聚随分。韶华休笑本无根，好风频借力，送我上青云。"飘零之伤、辗转之恨全无，只有自由之心、自在之意。怀才不遇时洒脱悠然，有机遇就趁势而起。不怨东风，不叹身世，一切都自然而然。

就这样走着、想着，每一步都与柳絮擦肩，脚步与心也都轻盈起来。六月是一段唯美的光阴，生机无限，正在走向成熟的途中，许多故事也都在萌芽、生长。只记起一个遥远的情节，那时还在一个农村中学上学,在一个六月的中午,我带着一本借来的书,来到校园后面的河畔静静地看。柳絮在身畔纷纷扬扬,有一些便栖在了书页间,那一本书里,便夹满美好的季节书签。就像生命中的每一个六月,都静美着开启一种新的希望。

沿着河畔越走越远,走到最后,天地间只剩下了我与飞絮,阳光与河流。

听冷

其实，冷是可以听见的。长达半年的冬天里，每一天我们都会听到冷。隔着厚重的棉帽子，北风的嘶吼依然萦绕耳畔。还可以听到雪落的声音，每一声都在心底堆积成洁白的凛冽。

无边无际的冬天笼罩了大地，我们依然奔跑在北风飞雪里，吞吐着大团大团的白气。那时的我们，对寒冷的切肤体会，先是从手脚开始的。即使穿上家里做的最厚的棉鞋，戴上最厚的手套，也依然挡不住寒冷的侵袭，所以我们这群孩子的手脚都冻得肿起来。

我的每一根脚趾都粗胀着，手背肿起如小馒头。在外面感觉并不强烈，顶多是有一种微微的胀，可是进了屋里暖过来，痒和痛便一波一波地涌动着。举起手来，痛会退去，痒便占据了全部；放下手后，痛不知从何处全部沉淀过来，把痒挤得没了影踪。这还算好的，有个伙伴的手腕上冻得掉了一层圆圆的皮，露出鲜红的肉，可他依然无所谓地在北风里奔跑。

那时，对付这种冻伤并没有什么好的办法。严重的时候，母亲会去被雪覆盖的南园里，弄几棵干枯的茄子秧或者辣椒秧回来浸在热水里,用来泡冻伤的手脚,却也只是有着短暂的缓解,不过也没什么关系,疼和痒牵不住我们奔向室外的脚步。有时候,那种在风雪中赶路的紧急冻伤,进门后,不让立刻靠近火炉,会拿一盆雪来搓揉冻处,据说这样可以把肌肤内的寒气散出来。并不知道有没有科学依据,可是小时候基本都是这样处理。

然后,冷才真正到了耳朵。其实,冷是可以听见的。长达半年的冬天里,每一天我们都会听到冷。隔着厚重的棉帽子,北风的嘶吼依然萦绕耳畔。还可以听到雪落的声音,每一声都在心底堆积成洁白的凛冽。甚至麻雀的叫声在忽栖忽飞中荡漾,也像是在喊着冷。终于在某个瞬间,冷不再满足只被远远听见,它直接爬上了耳朵。

冻耳朵不像冻手脚一样有个过程,仿佛只是刹那间,冷就住进了耳朵。耳朵对冷很敏感,却同样适应得很快。上一分钟觉得耳朵冻得生疼,下一分钟就失去了知觉。所以在外面,我们不停地用手焐耳朵,手冷了焐手,手焐热了再去焐耳朵。就算如此不停地反复,耳朵依然肿了起来。那时候我们都有着两只比夏天时大很多的耳朵,晚上睡觉的时候,只能平躺。耳朵也变得火烧火燎般滚热,我们却于这种热中听到了更深的冷。

有一年冬天,我在一个陌生的城市,匆匆赶往客运站。左手提着一个包,右手就焐着右耳,却忽略了左耳。后来左耳已经失去了知觉,只是在某一个瞬间如针扎般细细地痛了一下,我便知道,左耳已经冻伤了。上了车坐好,我一摸左耳,虽然大小并没有变化,却冰凉梆硬,就像刚从冰箱拿出来的冻肉。这个时候是不敢用力的,那样极容易把耳朵撕裂或弄断。所以,在我们这里,说天冷得能冻掉耳朵,其实并不是夸张的话。

我轻轻地焐着,随着左耳的慢慢解冻,疼痛也悄悄地生长起来,同时左耳迅速肿大,一碰就会钻心的疼。回到家里,母亲捣了一碗蒜泥,给我糊到耳朵上。由于无法脱掉套头的厚毛衣,我一直穿着它睡了十多天,而且不出门,左耳才渐渐地恢复了。

当时已经离开那个村庄快十年了,这次冻伤,让我在疼痛中再次听到了故乡的冬天。而这次,却是在听到的寒冷中,感受到了温暖。

雨痕

此刻的彩虹，才是雨留下的最美印痕，我和母亲站在彩虹底下，仰着头，都嗅到了生活的芬芳。

满窗游走的雨痕像蜿蜒的泪痕，目光陷进去，总会看到一些湿漉漉的往事。少年的我就坐在窗后，被一场雨牵扯出无尽的乡愁。虽然是从四十里外的乡下搬进县城，可对于在泥土里翻滚了十几年的我，却觉得路隔云泥。就像眼前的这场雨，一出发就再回不去了。

雨停了，太阳约出了心底的明媚，我从那一窗雨痕中摆脱出来，跑到外面去。墙角那丛很茂盛的草更绿了，狭长叶子上的雨珠融着天光云影走进了我的眼睛。忽然觉得，这是这场雨美好的足迹。小街上流淌着雨后的草气花香，被雨熄灭的小贩的吆喝声又生长起来，湿润的尾音扫过我此时此刻易感的心。

我站在小街的角落，等着声音的主人。一直等了很久，那个身影才出现，她提着一个大铁盆，明显淋过了雨。我迎上去，接过大铁盆，喊了一声"妈"，心里的惭愧丛丛簇簇。不只是惭愧在下雨时没有想起母亲，更是惭愧我不愿意从母亲面前经过。初搬来县城的日子里，我们的生活是艰难的，母亲在街角卖鱼，每天每天，风中雨里。此刻，面对母亲满身的雨渍，我为自己觉得母亲卖鱼丢人而疼痛。

就那么无言地走着，母亲说："你看！"东边的天上，画着一道很粗的彩虹，母亲没有用手去指，我也没有，因为很小的时候，大人就告诉我们："不能指彩虹，会烂手指。"彩虹写进了母亲的眼睛里，像缤纷的希望。我知道母亲早发现我放学绕路，我也知道母亲没有怪我。此刻的彩虹，才是雨留下的最美印痕，我和母亲站在彩虹底下，仰着头，都嗅到了生活的芬芳。

多年以后，在黑土地上野惯了的双脚，终于在城市的柏油路上扎了根。然后我明白，那个村庄再也回不去了，即使回去，也匆匆成客。也不知是哪一场雨，在我心底留下了不可消散的沧桑。就像我经常梦见的老宅窗下的那块水泥地，不知路过了多少年的雨，雨的脚印已经深深。而我心底路过的那场雨，同样镌着不可磨灭的种种，连时光都漫漶不了它们。

多年以后，母亲也老了，随着那些劳累的岁月。我不知道母亲还记不记得那场雨，还有那一道彩虹，而我，在从少年匆匆奔向中年的光阴里，不管经历了多少凄风冷雨，狂风暴雨，可我和母亲共看的那道彩虹，一直印在心上。虽然我明白，不管是怎样的心境，最终都会从各种际遇中走过来，可是，心里有那么一道彩虹，还是会照亮许多暗淡吧！

有时候，想到遥远的岁月，想到遥远岁月里年轻的母亲，我竟然会像孩子一样偷偷流泪。原来在光阴里消逝的,如出发的雨和启程的泪,都是没有归途,也没有归期的。可是,那些曾经的雨痕、泪痕,在生命中,总会留下一份爱与暖。

夜人

多喜欢那样的夜，一个人走着，明月照雪，心也如雪，如月一般澄净。

当夜色隐没了白日里的一切，那些有形的淡去，那些无形的便清晰起来，比如一些回忆，一些思绪，或者一些被白天的琐碎所湮没的眷恋。在夜里如同星月般醒着的人，徘徊在梦外的脚步，总能遇见直入心灵的种种。

我很是怀念那些走夜路的经历，特别是在那些有月亮的晚上。少年时在一个冬夜从一个村子回到自己的村子，大地上覆盖着一层厚厚的雪，月亮高高，月光唤醒雪光，眼前一片明亮，似乎没有了路，又似乎随处都是路。天很冷，可是却满心清爽，踩着雪慢慢地走，身后长长的一串足迹伴着我，头顶圆圆的月亮伴着我。多喜欢那样的夜，一个人走着，明月照雪，心也如雪，如月一般澄净。

那么多次行走在夜路上，只有在回家的时候，心情最为轻快。不是过客，而是归人，一步步地接近那个温暖的所在，心里满溢着期盼。依然是少年时，有一天夜里，从村南的大草甸深远处回家。那夜没有月亮，只有满天的繁星，初秋的风吹过高高的草叶，蛙声如潮水起伏。我努力辨认着脚下那条极细的路，偶尔会遇见小小的池塘，虽然在这么黑的夜，它依然亮着幽幽的光。我的村庄就在北面，也亮着许多的灯火。一种温暖的牵引，让无边的夜都充满了温柔的眷恋。

行走在路上，与在舟车之中的感受又不相同。公路上颠簸的长途汽车如游在夜色里的鱼，而醒着的乘客便会忆起乡梦。长长的列车穿过黑夜，总有一些眼睛望着窗外的沉沉，总有一盏路过灯火点亮所有的旧梦。或者客船在浪花里轻摇，多少人的乡情如水，在这样的夜里长流不绝。

沧桑的二十年后，在一个遥远的城市工作。倒班，下零点班的时候，夜正深浓，在长长的风里，我往家走。有一颗很大很亮的星镶在东边的天上，我总是凝望着它。短短几分钟的路，便把之前所有的喧嚣、烦乱和疲惫丢尽，看着自家所在的那栋楼，我家的窗口还亮着灯光，心里便被幸福盈满。

有夜归的人，便有在灯下等候的人。那种等候的心情，比回家的心情更为复杂一些。等候的时候，除了期盼、憧憬，还有着一些担心、牵挂。不知道你有没有过静静地等候一个人的时候，或亲人，或爱人。在深深的夜里，在孤独的灯下，心里计算着时间，想象着那个人走到了哪里，想象着那个人进门后，第一句会对你说什么。这一切在心里缠绕着，就编织成了比梦更美好的情节。

夜里总会有无眠的人，我当初在上后夜班的时候，经常会站在室外楼梯的平台顶上,看着楼群在黑暗中矗立,知道,人们此刻正香梦沉酣。如果偶有亮着的窗口,便会猜想窗内的人在做什么。如我们上夜班的,是属于工作需要,不由得自己选择,而那些窗内的无眠之人,又是因为什么?

忽忆起上高中的时候,每天夜里都学习到深夜,每天学习完了,向对面的楼房看上一眼,有几个窗口的灯光依然亮着,几乎每夜都是如此。能隐约看见窗内,也有如我般大的少年在伏案学习,心里就会涌起一种很亲切的感觉。我想,在努力的青春中,那几窗灯火,对于我们这几个窗内的无眠之人,都是一种无言的相伴。

后来,我辞去了夜班的工作,可依然都是很晚才睡。每个夜里,面对着电脑,敲击键盘的声音成了我唯一的天籁。心沉浸在自己用文字构建出的世界里,随着那些情节而悲欢。或者有时候,我会看书到很晚,一人、一灯、一书,便是我的夜。在别人的故事里旅行,总是会忘了时间,甚至有时候看书看到霞光映窗,才豁然而觉。写字、看书,是我无眠的夜里最真实的梦。

我也曾有过失眠的时候,并不是不想入梦,而是头脑中充斥着纷乱的思绪,或者由于情绪的变化,或者因为身体的原因,总是不能睡着。有时候是真的不困,却又无事可做,数尽绵羊也难成眠,睡意如暗夜里的猫,越想抓住它,它就跑得越远,而有的时候,是明明非常困,可就是睡不着,那是另一种难受。总之,在所有的无眠之中,失眠,是最痛苦的。当然,除了那些幸福的失眠。幸福的失眠，是因为某些喜讯的刺激，兴奋过度，从而导致与梦无缘。

当然，也有着很多快乐的人，觥筹交错，歌舞升平，便长夜漫漫不觉晓。想起上零点班的时候，去单位的路上，路过一家通宵开放的烧烤店，里面依然人声鼎沸，灯红酒绿。还有一家KTV，杂乱的歌声不停地传出来，在深夜里显得尤为突兀。我静静地走过去，觉得一个巨大的夜，把我和那些人分在了不同的两个世界。

不管怎样，我喜欢做一个在夜里醒着的人，或许是为了梦想，或许更是为了寻求一份心灵的充实和平静。倦了再眠，迎接着我的，就是一个很温暖明媚的早晨。

年的活色生香

只要心是暖的,那么无论与回忆相逢,还是与未来相遇,那份眷恋都会一直如身畔的春天,充满着情意。

小时候,对年的盼望是好吃的饭菜,好玩的鞭炮;长大后,对年的盼望是亲人的归来,全家的团聚;而如今,对年的盼望还有些什么呢?一步步走向人生的后半程,每一个年都带着饱满和凄凉,就像深秋的果实走向寒凛的冬天。似乎只有回忆浸染的除夕,才能于遥远的温暖里抵御流逝的苍凉。

年是白的。

大地上和漫天飞着的雪是白的,把村庄拥进一个巨大的梦里;新刷的墙是白的,印满了无数的笑声;慵懒的猪是白的,丰腴着朴素的日子;花狗的尾巴尖儿是白的,摇动着无尽的喜悦;姐姐面前的纸是白的,梦想中美好的场景正在上面成形;爷爷的瓷酒壶是白的,盛装着所有沉醉与陶醉;奶奶的发是白的,映着岁月的霜华,点亮满堂的笑脸。

在时光这一岸的我,回忆的心情也是白的,可一切都已成为光阴深处的圣洁遥远。我的目光穿越无数的时空,惊醒了许多栖息着的往事，也碰落了一串串清澈的笑声。

年是红的。

高挂的灯笼是红的，如深情的眼把一方夜凝望得旖旎而缱绻；新贴的对联、福字和挂钱是红的，招摇着祝福与憧憬；一炉旺旺的火是红的，流淌着暖暖的低唱；墙上挂着的几串辣椒是红的，记录着季节里的繁盛；长长烟袋里的火光是红的，朦胧出许多动人的故事。

姐姐们辫梢儿的新头绫子是红的，荡漾着幸福与快乐；爷爷和父亲微醺的脸和我们冻得麻木的脸是红的，交织着各自的满足；母亲的头巾是红的，忙碌中凝满了轻霜；团圆的心情是红的，没有离散，没有沧桑，只有最美的相伴。

当成长抛弃着流年，当盛筵不再，我回望的眼睛也被泪光染得微红。总是一次次魂梦归去，大地上的村庄，村庄里的草房，去采撷檐下那许多永不褪色的过往。

年是暖的。

我在父亲满足的叹息中寻找到了温暖，我在奶奶的故事里感受到了温暖，我在母亲的笑颜中捕捉到了温暖，我在姐姐们的笑声里体会到了温暖。就像爷爷热在炉上的那壶酒，就像满屋闪亮着的柔软的目光，就像炕头上那只睡得天昏地暗的猫，就像满天飞舞着的烟花。我在每一个细节里珍藏着那些温暖，可以焐热以后不被预料的那么长那么长的岁月。

在变迁之后忽然明白，只要心是暖的，那么无论与回忆相逢，还是与未来相遇，那份眷恋都会一直如身畔的春天，充满着情意。

年是香的。

只有过年时才能吃上的满桌的菜肴，姐姐们的秋月牌胭粉和大瓶的雪花膏，窗台上那盆盛开着的月季，浸在水盆里黑乎乎的冻梨，杯盏间氤氲着的酒气，逗引得炉火不停地拥挤着炉盖，逗引得雪花纷纷扑在窗子上，逗引得我们的心在一片火热中兴奋地跳跃。

仿佛只是刹那间，那些香气就远如隔世，却依然缕缕不绝，穿透重重的时光，在心底弥漫成一片流连的海。

到如今，我只剩下一颗心，满溢着生命的馨香。即使逝去的永不可追，希望也一直生生不息。就像在这个不再如过去的除夕，回忆中依然有着憧憬，所以，会在长路之上遇见更多的风景，会在长夜之中生长更多的美梦。

一场雾的落与散之间

那才是真正的雾，蕴世事无常，藏风云变幻，不同人观之有不同的胸襟。

那个秋天的早晨，我盼望中的大雾终于来了。那是很浓很浓的雾，把村庄严严实实地裹住，只有鸡犬之声不为所阻，一声声地不知从哪一家传出来。

我拿着一个瓶子，兴奋地跑到土路上，再跑到村外，在一处感觉雾气更浓密的地方才停下来。瓶子里是大半瓶的水，水里两只细小的泥鳅正在蜿蜒着上下游动。把水倒掉，把其中一只倒在手上，然后迅速地向高空一抛。

这是我等候已久的一个试验。村里人都在传说，在雾天，把泥鳅扔出去，它可以在空中飞。虽然明明知道那不可能，并不相信，却总惦记着要亲眼看一下。所以便盼着下雾，可是大平原上的夏天极少下雾，或者多是在深夜凌晨的。我一直等到秋天，等得那两只想飞的泥鳅都瘦了，才盼来这一场理想的大雾。

我也曾多次在没雾的天气里试验过，泥鳅翻滚着从空中直直落到地上，而此刻，那只被抛起的泥鳅已经到了最高点，我紧紧盯着它，它终于开始下落，我的心便开始失望。只是，当下落了一小段之后，它的身体开始摆动得剧烈起来，于是竟然斜斜地向着一旁掠过去，夭矫屈伸，很有些滑翔的感觉，然后才落在地上。我还以为是自己的错觉，或者由于雾气重而看得不清楚，便赶紧把另一只倒出来，继续抛起。这回看得很明白，果然和平时的自由落体不一样，便非常兴奋。虽然只是飘了很短的距离，却说明了传说的部分真实性。也许是空气湿度很大，"浮力"也变大了。

我捡起还在地上扭动的两只泥鳅，走到河边，把它们远远地扔出去，它们横着飞落于水中。告别这段传说许多年以后，回想往事，感觉就像是一场雾过后，岁月便也随之消散了。而我的心穿梭于过去的时光里，就像那条泥鳅在大雾里挣扎，虽然有着短暂的飞翔般的快感，却很快跌落回冰冷冷的现实。

所以一直挺喜欢雾天，比雨多了一份飘逸，比雪多了一种朦胧，可以让人的想象和感触都飘忽成美好的形状。

大平原上的雾很均匀地充塞于天地之间，随着风而浓淡变幻，甚至可以看到细细小小的雾滴纵横交错着缓缓地移动、坠落。所以我们小时候，都说"下雾"，就像下雨、下雪一样，认为雾是从天上落下来的。可是，当我在山里生活了近二十年后，才发现，山区的雾和平原是有着不同的。山里人是说"起雾"，和下雾不同，起雾，雾是升腾而起的，从山间，从水面，而且不是那么均匀地平铺，而是一丛丛、一簇簇地袅袅升起，渐渐地弥漫开来。

山里的雾很常见。冬天的早晨，远远的山上便雾气缭绕，而附近的空气中，也有着极细微的雾，只不过好似凝固了一般，蕴着无边的寒冷，或者夏天一场大雨过后，群岭上的树巅便会涌起团团白雾，向上涌动着与山间流云混成一片。秋天的黄昏，在山河之间的那条路上散步，经常会看到河面上飘浮着一层层的雾气，空蒙如仙境，便想起《喀秋莎》中唱道："正当梨花开遍了天涯，河上飘着柔曼的轻纱……"此刻方体会那种空灵之美，虽然春秋相异，却雾气同萦。

由河上的雾气想到海雾，每次看《春江花月夜》，读到"斜月沉沉藏海雾，碣石潇湘无限路"，苍茫之美，悠远之思，便总会在心底浮现一幅梦境般的画面。虽然去过几次海滨，却一直未曾看见过海雾，经常想象，在那云雾深处，可会凝结出美丽的海市？

初夏的时候，去重庆讲座。那里是大名鼎鼎的雾都，据说一年有一百多天的雾天，心中便已先自有了欣喜。飞临重庆上空的时候，正是午后，从飞机的舷窗望下去，天气晴好，下面的城市就像罩了一层纱。我当时并没有兴奋，因为我觉得这似乎不是雾，而是雾霾。然后的几日，都是上午下雨，下午半阴，一直到离开，都无缘遇到一场向往中的大雾。

后来，在朋友圈看到一组重庆山间的雾景，那真是奇丽莫测，气象万千，让人心驰神往。那才是真正的雾，蕴世事无常，藏风云变幻,不同人观之有不同的胸襟。

　　虽然有时候依然会感慨,会嗟叹,虽然日子如雾无痕,虽然随雾散去的除了虚幻的海市蜃楼,还有许多的过往,比如当年雾中那个永远回不去的少年。可是,当迷雾散尽,阳光倾洒,长风流淌,未尝不是另一种美好的生活。

正月

在那个晴朗的夜里,鞭炮声再次响成一片,月亮底下绽放着灿烂的烟花。秧歌队里的每个人都拿着一个别样的花灯,再次盛装而舞。

  随着过年时那场大雪的悄然停息,村庄便在鞭炮声的余响里闲下来。我们都喜欢走东家、串西家,踩着一地沉默的雪,踩着鞭炮、烟花的碎屑,踩着鸡鸣犬吠,去推开那一扇扇贴着红红对联的门。

  屋里一般都特别热闹,老人们围坐在滚热的炕头上,衔着长长的烟袋,或唠嗑,或打小牌,而慵懒的猫就在烟雾缭绕中酣眠。地上的一张桌子旁,几个人在打扑克,更多的人在围观,笑语轰然。我们挤着看了一会儿,便失去了兴趣,便又跑进无边的旷野。

  正月诞生在笑容与鞭炮声里,却生长在雪的怀抱中。站在村外的野地里,雪依然厚厚地铺向天边,空荡荡的天空偶尔有麻雀倏来倏去。在我们的心里,正月和春天无关,如果说有,似乎就是那份从过年延伸而来的快乐,还有看着春联时那种隐隐的期待。

虽然离年越来越远，过了初一，过了初五，村庄的年味却并没有随鞭炮声淡下去。暖暖的火炉，滚热的火炕，清澈的笑容，依然交织成最简单的快乐与最朴素的幸福。每一家的男主人，都会在一壶滚烫的酒里醉了季节，而他们挥洒过汗水的广阔田地，此时正在雪下静静地等待，等待长长的梦醒来，等待与一颗颗种子相拥，等待夏日的风与阳光，等待秋日幸福的刀镰。

其实，我最喜欢的，就是随父母去亲戚家串门拜年，或者是外村的，或者是镇上的。我也喜欢亲戚们来我家里，笑声把屋子填满，便觉得满心的幸福。我那时多希望这样的日子不会流逝，可终究是流逝成多年后念念情深的回望。

正月十五，是过年后的又一个高潮。在那个晴朗的夜里，鞭炮声再次响成一片，月亮底下绽放着灿烂的烟花。秧歌队里的每个人都拿着一个别样的花灯，再次盛装而舞。在激昂的鼓点里，我忽然觉得，春天真的已经来到，隐藏在寒冷之下，已经能听见它的心跳，它的微笑还没有漫上来，还不能荡漾成大地上的柔暖。

元宵过后，年味就随着墙头上的雪渐渐地薄了。各家的年嚼货儿也都吃得差不多了，恢复了粗茶淡饭的我们，知道一个年已经过去了，而下一个期待还遥遥。可忽然想起，杀年猪时留下的头蹄下水还在雪堆里冰着，便又有了盼头。二月二，是年的最后一丝余韵，然后，大地上的事情就次第开始了。

那一天我醒得很早，走出房门，发现院子里用细灶灰围成了几个大圆圈，圈里放着五谷杂粮，便知道今天是正月二十五，天仓节，家家都要在院子里用灶灰画出天仓，放进五谷，可能是对今年丰收的一种祈祷与祝福。这是正月里的最后一个仪式了，是一个告别，也是一个开始。

  匆匆三十多年过去，每一次回眸，都会觉得，自己的童年就像生命的正月，有着那么多眷恋的仪式，有着那么多清澈的幸福，所以才会在这一生的每个季节里，不管身处怎样的际遇，总有爱与暖的来处。

小寒

整个村庄都从梦的余绪里走出来,开门的声音,见面的笑语,鸡犬之声。虽然依旧是一个平凡的日子,可是因为小寒,却似乎平添了一些希望,或者心情。

我喜欢腊月,那是冬天最浓重的一笔,也是最后的一笔。

腊月,是一个开始。在我的童年,对过年的期盼之情,行走在腊月的每一天。而小寒,总是在腊月前后,它像一扇门,或者像门里的迎宾人。我们在不经意的行走里抬头,便忽然相遇。

小寒也正是三九的身前身后,是另一种美好。在我的故乡,那时没有花信的等候,春天也还很遥远,虽然立春已经很近。那些传说中的种种,是南方的小寒,而在松嫩平原上,我们唯一的等候,就是过年。

最冷的冬天也湮没不了我们的快乐,就像夜湮没不了梦。零下三十多摄氏度的寒冷,冻结不了我们奔跑的足音。大地上的雪被我们从沉睡中唤醒,空中飞舞的雪与我们相互追逐,我们是冬天里没有被冻结的那朵浪花,依然清澈地流淌、绽放。即使在家里,那一炉红红的火,也温暖了许多炉畔古老的故事。

早晨睁开眼睛，屋里依然很暗，窗玻璃上结着厚厚一层霜花，神奇的天然画面，花草葳蕤，杨柳依依。渐渐地，外面的阳光给那些美丽的花园镀上了一层霞光。坐起来，穿上厚厚的棉袄、棉裤，把手掌印在霜花上，当丝丝缕缕的凉意驱散丝丝缕缕的睡意，当我的掌印融化了一片花草，我才下了炕。先走到外屋，掀开水缸的盖子，拿起水瓢用力磕碎水面上那层冰，舀起带着冰碴儿的水一饮而尽。

这个时候房门开了，母亲抱着一捆柴火进来，身后跟着一阵寒风，还跟着探头探脑的花狗。母亲在灶口放好柴火，溜进来的花狗快速地抖动着皮毛，周身泛起一层冷雾。母亲说，今天小寒了，天儿格外冷。我跑向门外，花狗傻乎乎地跟了出来。阳光很好，很晴朗的冷，大地上、墙头上、树枝上、房草上的那些雪都闪着细细密密的光。虽然北风还没开始刮起，脸却瞬间麻酥酥的疼。我想此时我的脸一定冻得通红，就像身后墙上挂着的干干的红辣椒，但心里却充满了喜悦，终于到了走向过年的最后一程了。

小寒，总是这样不经意地走进来，跟着母亲，走进烟火尘世，走进温暖的房子，然后，跃上墙上的日历。

日历上，往往是写着二九第几天或三九第几天。小寒，其实是最为寒冷的节气。也许，大寒比小寒更冷吧？只不过，那个时候，我们的心都因近在身畔的春节而火热着，所以反而不觉得冷了。

当我再次走进院子，家家户户的炊烟便已经升起来了，仿佛因为寒冷，凝而不散，并渐渐地倾倒在北风里。整个村庄都从梦的余绪里走出来，开门的声音，见面的笑语，鸡犬之声。虽然依旧是一个平凡的日子，可是因为小寒，却似乎平添了一些希望，或者心情。

我记得最清晰的小寒，是1988年。那一年，小寒来得特别早，农历冬月十七，公历1月6日。所以，那个小寒没有成为盼年的开始，那一年的年也来得特别晚，除夕是2月16日。因此，心里有着一种失落，总觉得这个冬天不完美，就像缺少了一些希望，或者心情。

直到多年以后，我才明白，之所以记住了那个小寒，以及那个冬天的种种细节，是因为那一年的5月1日，我家从乡村搬进了县城。于是，许多旧时光就破灭了，许多回忆就点亮了。

而三十年后的今天，当小寒再度走进家门，走进心里，往事也随之纷纷萌芽。依然出门看了看，望向故乡的方向，除了寒冷，一切都变了。

回到屋里，不经意地抬眼，看到母亲摆放的那些花盆。在一个花盆里，有一朵花迈过时光的门槛，已经轻轻悄悄地开放了。

大葱的花

看着平凡无比的大葱花,我忽然就想到了当年的邻家婶子。她言语泼辣,为人热心,不美丽不芬芳,却能给人留下最深的怀念,像极了这大葱的花。

小时候,邻家的菜园里种的是葱,到了春夏,便成了一片赏心悦目的绿。别人家的园子里,黄瓜、豆角什么的都种类繁多,唯独她家种的全是葱。邻家的婶子很泼辣,不过不让人讨厌,心肠也热,别看平时说话挺尖酸刻薄的,可真到有了什么事,第一个伸出手帮忙的,一定是她。

那些葱长成之后,亭亭玉立,绿得清新,白得水嫩。婶子便慷慨地送人,全村的每一家都吃过她种的葱。虽然大葱是农村最常见的东西,可人们也最喜爱,且不说平时做菜少不了它,蘸酱吃更是别有一番滋味,辛辣之余回味无穷,而且开胃,吃了之后觉得吃什么都特别有滋味。

邻家的园中总有一片葱是不动的,它们长过漫长的夏天,变得极粗极高,轻风愈是拂过,那葱香便愈浓,如飞舞于空气中的无数怡心精灵,让人烦忧顿忘,清爽神飞。那片葱是婶子留下来

"打籽儿"的，来年的满园新绿全来源于此，所以便能看见大葱的花。记得我第一次看见大葱的花，既惊讶又失望。那一团团形似蒲公英的东西，就是大葱的花吗？既不芬芳，也不美丽，它们高高地站在细莛之上，带着一层白白的软刺。这与我心中的花朵形象相去甚远，觉得大葱这么美丽的东西，开出的花也应该是极特别、极鲜艳的，于是便有了浅浅的遗憾。

邻家婶子不到四十岁，长得极普通，甚至可以说不好看，可人们却都喜欢她。虽然说话刺人，可公认她是难得的好人。可就这样一个好人，却没能迈过四十岁的门槛，她得了脑瘤，在一个葱花开遍的秋天，永远地离开了这个世界。从那以后，她家的园子里再也见不到一片片的大葱了，虽然满园的蔬菜各具特色，在我眼中却永远失去了色彩。

去年过年时，母亲在一个花盆里栽下一束大葱，象征着生活郁郁葱葱。过了正月，我竟发现大葱中长出了一支细莛，一朵大葱花正在悄悄地开放！看着平凡无比的大葱花，我忽然就想到了当年的邻家婶子。她言语泼辣，为人热心，不美丽不芬芳，却能给人留下最深的怀念，像极了这大葱的花。

大葱的花，那一大片盛开着的平凡，却是我心底最温暖的感动。

一溪云

山溪与山云都是自由的,山溪的自由来自执着,不管千拦万阻依然奔淌,山云的自由来自无拘无碍、任意西东。

一个遥远的春天里,他来到我家,问:"你知道比天更高的地方在哪儿吗?"

我想了想说:"星星和月亮上面!"

"不对!"他连连摇头,我琢磨了半天也想不到,问他,他只神秘地笑。然后,拉着我的手出了门,向村外飞跑。

广阔的大地上遍布着初生的青草,而新翻的农田,在阳光的照耀下,升腾着若有若无的雾气。两个孩子奔跑的身影在大地上灵动着,偶尔有候鸟在天上划过,垂落下来几串啼鸣。

我们跑到村西很远处,那里有一条唱着歌的小溪,从那边的高冈处流淌过来。小溪其实并不小,只是比小河略细些。沿着流水向下走,有一处极为平缓,不细看不知水在流动,而且比较阔大。小溪仿佛跑累了慢走一会儿,在此处形成了一个不大不小的池塘。站在岸上,盈然的溪水便把眼睛洗得清澈无比。

他一指水面:"看!"

水里的天有着生动的蓝，几大朵白云簇拥着慢慢地走。我一时抬头看天，一时低头看天光云影，似是站在半空中，竟有些呆了。

他很得意地笑："怎么样？这儿就是比天更高的地方！天在我们脚底下！"

再仔细地低头看，果然，天在很低很低处。特别是有那几朵云的相衬，更显得天的深远。许多年以后，我在山上偶遇一条小溪，它融着一路花形树影，挟着不绝的山云，曲折蜿蜒而下。相比于童年的那条溪，它没有静静的水中天，却似乎容纳了更多的美好意象。山溪与山云都是自由的，山溪的自由来自执着，不管千拦万阻依然奔淌，山云的自由来自无拘无碍、任意西东。我知道自己无法将执着与无拘无碍相融会，可是只要心中有其中任一种，生命就会有难得的自由吧！

那个春天的午后，我们站在"比天更高的地方"，俯瞰很久。回去的路上，觉得身轻欲飞。我们约好，谁也不把这个秘密透露出去。我也经常问村里的小伙伴：比天更高的地方在哪儿？听着他们漫无边际地乱猜，我的脸上带着神秘的笑，便有了一种自豪、优越的感觉。

我和他经常去那里，体会只属于我们的快乐。有时会梦见那一溪变幻的云影，梦里的自己仿佛飞在很高很高的地方，比天还高，于是醒来后便有了眷恋，也为我们能有这样一个神奇的所在而庆幸。

夏天的时候，我俩有一次来到溪畔，水中的云朵更大更浓，而且离我们很近。阳光倾泻而下，他说："我们跳到天里去？"

飞快地脱了衣服，却一时都有些踌躇，那么深的"蓝天"，会不会掉到天外边去？只片刻的想法之后，我们便相对而笑，谁也不说谁傻，便跳进了水里。于是天光乱颤，云影破碎。我发现，离得近了，反而却远了，没有站在岸上看得清楚。他很聪明地解释说，下了水，我们就离开了比天更高的地方，所以就没有那种感觉了。

有时候一朵云压得很低，我们仰躺在水面上，就像躺在云上，再看天上的云，便有很奇妙的感觉。他说他很喜欢那些云，很自在。说这些的时候，他很有些向往，也有些无奈。其实他能出门的时候很少，每天都要帮着家里干许多活，父亲两年前病故，他便早早地开始了劳动的生涯。

后来，我家便搬离了那个村庄，离那条小溪越来越远，离那一溪云影也越来越远，离自由也越来越远。世事的风尘，湮没了许多纯真的向往，也湮没了儿时那些清澈的幻想。再后来，听说他死了，说是在那条小溪里淹死的。我总是很天真地想，他也许并没有死吧？他是投向了那片蓝天，去拥抱那些自由的云朵。

而依然在尘世中奔忙的我，又有多久没能亲近梦中的溪云了？我又该如何去追寻自己的自由？想来，我只能坚持走下去，像小溪一般执着着一往无前，那么，那些美丽的云影，带着自由的憧憬，就会一直伴随着我了。

第四辑 美是一种召唤

一棵树的魅力，便在于此，虽不能行，却有鸟儿不停地飞来，甚至，把家安在树上。

不只是鸟儿，还有长风，还有云，如果是一棵开花的树，来临的精灵会更多。

帘幕垂，幽梦远

云影一样飘过的人，涟漪般荡漾过的情感，也常常会化作夜里一个虚幻的梦。醒来时不知今夕何夕，于是错乱之中发现，这一生似乎也是一场长长的梦。

　　在望不到边际的大草甸上，小小的我紧跟在父亲的身后，还不忘东张西望寻找着野鸭子。父亲的肩上扛着捕鱼的扒网，二姐在更前面提着一个小桶轻快地走着。当我弯腰去捡那个鹌鹑蛋再抬起头时，父亲和二姐的身影都不见了。四望茫茫，雾气翻涌，于是大声呼喊。

　　在惊慌无助中醒来，眼前是狭小的空间，床帘密密地拥着我所在的下铺，大学寝室里一片寂静。父亲写来的信还躺在枕畔，每一个字似乎都在昏暗中闪亮着温暖。拿起信来，每一句都于暗淡中清晰可见，可我竟然读不出什么意思，每一个字都认得，组合在一起就像成了天书一般。我急得去拉开床帘，想让灯光进来帮忙，可是手却忽然不能动，黑暗重重地挤压过来，喘不过气，想喊却发不出声音。

　　用尽所有的力气猛地挣扎，身体一震，倏然张开眼睛，上午的阳光正纷纷扑落在窗帘上，窗外树上一群麻雀的吵闹声一拥而入。我愣怔良久，这才是真实的人间，才明白自己已然是历了半世风尘，不再是那个小小的孩童，也不再是那个忧郁的少年。我不知道别人有没有经历过这种梦中之梦，就像我般，一梦去到四十多年前，未及归来，又去到一梦二十多年前，然后才真正醒来。

想来父亲离开得太久、太远了，久到已经模糊了许多关于他的细节，远到我追过一重重的梦境，却依然碰触不到他的身影。也许每个人都曾有过那样的梦境，追赶着逝去的亲人或者远去的思念的人。

光阴深处的过往，就像那些无远不至的梦，虽然隔着岁月的帘幕，却依然让我们不停地去回望，去追索。云影一样飘过的人，涟漪般荡漾过的情感，也常常会化作夜里一个虚幻的梦。醒来时不知今夕何夕，于是错乱之中发现，这一生似乎也是一场长长的梦。

依然还是小小少年的时候，一个阳光慵懒的夏日午后，我穿过村庄短暂的宁静，去另一家找小伙伴。和一丝风一起走进敞开的房门，屋里的人都已经"过了二道岭"了。这是我小时候乡人对于睡觉的一种说法，意思就是睡了很久了。也许人们做梦都会梦到很远的地方，才会有了这样形象的一种说法吧。

屋里的人都在睡着，轻微的鼾声里释放着在田地劳动了一上午的疲惫。伙伴并不在家，我看到他的大姐靠在一把老椅子上睡着了,一本厚厚的《红楼梦》半盖在脸上。

虽然当时并没有什么感触,可是多年以后却总是想到那个场景,便觉得很美好。回望曾经的那个大姐,她看着《红楼梦》睡着了,如果有梦,那也一定是一个极遥远而美好的梦吧?后来我也曾有过多次那样的时刻,看书倦了困了,便以书为帘遮盖在脸上,于层层帘幕的清芬里,一梦无涯。

那么多的梦在追溯着眷恋,那么多的梦也都在走远,当我把这许多流连于笔尖,就也算不负这凡尘一梦了。

爱的时差

当我们明白那份爱并且去爱时,他们已经没有多少时间了。甚至,当我们想去爱时,他们已经离去,我们的爱无法与他们的爱对接,空无所依。

我不知道,这个世界上究竟有多少种爱,更不知道,那许多的爱在每个人心底会蓄成怎样的一片海。可我却知道,有些爱是相互辉映的,我也知道,我们的心对于有些爱往往没有同步,当想同样去爱时,已黄昏日暮,云散天青。

比如亲情。多少那样的时刻,我们无法理解亲人的爱,甚至会觉得厌烦,那份爱总在历经时间与空间的阻隔之后,才会在心底伴着悔意汪洋恣肆。也有的时候,我们明明能感受到亲人的爱,却是让那份感受在日复一日的习惯中渐淡、渐远。习惯了亲人的爱,便如身处温暖之中,天长日久,那份温暖已如体温,成为不在意的伴随。所以,有太多人在失去了那份爱后,便如失去了一件最暖的衣裳,苍凉入骨。

当我们明白那份爱并且去爱时,他们已经没有多少时间了。甚至,当我们想去爱时,他们已经离去,我们的爱无法与他们的爱对接，空无所依。所以，我的一个朋友很认真地对我说："爱是有时差的，错过得太久，就成终生的遗憾。"所以有一天，他抑制不住心里的冲动，给千里之外的母亲打了个电话，只为说出短短的三个字："我爱你！"

比如爱情。爱情里的时差，除却那些苦涩的暗恋或者多年心底的执着，并不是指开始的时间所差的多少，而是指两个人心中的爱所能坚持的时长。开始时彼此爱着，热烈而真诚，当激流消退，当平静的生活如缓缓的河流，那份爱还能走多久、走多远？爱情的奇妙在于初相遇时冥冥中的种种安排，也在于修成正果后的种种变数，更在于共度烟火人生中的种种感动。常常是两个人一见钟情，时间久了，其中一个人的爱便淡了，便散了，而另一个人却依然在爱着，爱到希望，爱到无望。这样的一个时差无奈且伤心，虽然依然在一起，心却渐行渐远。

之所以说爱情很奇妙，也是因为那种时差其实一直都存在。起初两人火热的时候，彼此燃烧的时刻，微小的时差便被湮没在海水里，湮没在火焰里。当平静平凡的生活莅临爱的巢屋，当海水与火焰化作云烟，那些微小的时差便渐渐放大。就像物理学中的两种波，频率的不同，波速的不同，从起初的短暂相融后，便差别越来越大，越来越远。其实，只要两个人精心地去调整爱的波段，就会同步，就会共振，就会一起传播下去，就不会再出现最后的一人继续一人消散。用爱来激起爱，爱的叠加，可以消弭所有的时差。

比如友情。友情是一种很广阔的爱，涵盖着世间太多的美好。和亲情、爱情不同，友情也许不会有亲情里的欲爱而不待，也不会有爱情里的转身成陌路，有时就是走散了，也不会如何蚀心锥骨，只是淡淡的遗憾，而却常常在最艰难时，被忽略的朋友往往给你最真诚的帮助和最深沉的感动。友情不怕平淡如水，也不怕沧海桑田，所以友情没有时差，只要我们在任何的境遇之中一回首，那些人就在那里，对你微笑。

有多少的爱就在这样的时间差里逝去了，成为心底永不消散的遗憾和痛悔。有时候虽然知道许多，却常常给自己找了充足的理由，比如忙，比如不能两全，常常连我们自己都相信了。其实，是我们没到最后绝望的时刻，就无法去体会那份心境。就比如你看了这些文字，心有所感，想着给远方的亲人打个电话，可是当放下书，身边的琐事袭来，便不再想起。时间的差距，就是这样被一点一点放至无限大的。

就像我那个给母亲打电话的朋友，他说母亲听了他所说的后，告诉他，只要有他那三个字，便什么都够了。在母亲的心里，那一秒多钟的一句"我爱你"，便抵过了所有的岁月。但即使没有那三个字，母亲也是幸福的，哪怕只听到我们淡淡的一句称呼。所以，在母亲的生命中，爱没有时差。

月亮在敲门

打开院门,空空荡荡,月光无边无际不知疲倦地洒落着,只有西风长长地淌过。

我用力跑着,撞破一堵又一堵夜的墙,气喘如牛,可是后面沉重的脚步声依然如影随形。恐惧与疲惫交织着,终于一头栽倒在地。

张开眼睛霍然坐起,心犹自快速地挣扎着。已经很多天没有做过这样的梦了,梦里有个人在追杀我,黑暗中看不清那人的脸,只能听见催命的脚步声如附骨之疽。以前一直做同样的梦,在网上查解梦,吉也有,凶也有,茫无头绪。后来咨询一个研究心理学的朋友,他说一般总做这样的梦,说明心理压力过大,或者是面临某种选择无所适从。

似乎有些道理,只是,现在的人谁的压力不大呢?就连本该无忧无虑的学生,都是每日里被学业和家人的期望压得喘不过气来,而且在这所乡村的学校更是如此,因为考学出去是当时脱离农村最好的一条路了。我来这里是想回到乡下熟悉的环境换换心情,正逢一个老师临时有事,我便给代一段时间的课。其实很喜欢和这些少年在一起，他们像极了十年前的我，在天地间自由成长，即使是小小的教室也困囿不住一颗野惯了的心。

前两天讲作文，讲拟人句，我问，每天的黄昏，晚霞把房门映照成红色，这样的一句，如果用拟人句来表达，该怎么写呢？大家热烈地讨论，想出了各种各样新奇的句子。有几个男生共同想出了一句：每个黄昏，晚霞都将我的房门敲得通红通红。确实是很美好的句子，我故意问，那么，除了晚霞，还有什么能敲门呢？同学们的思路便一下子开阔起来，风可以敲门，雨可以敲门，太阳可以敲门，月亮可以敲门，甚至目光也可以敲门。于是诞生了许多诗一般的句子，清溪一般流淌在每一张笑脸间。

我借住在亲戚家空闲着的一个小小院落里，正是初秋，夜里很静，闲来看书，或者胡乱写些什么。不知从哪一夜开始，睡梦中没有了被追杀，甚至连梦都没有了。只是这一次，那个看不清面目的人又一次追进我的梦里，让我仓皇之间逃无可逃。我坐在那儿，耳畔似乎还响着追命般的足音。等等，不是似乎，真的有响动一声声地闯进耳朵。我凝神细听，是敲院门的声音。敲门声很轻，不疾不徐，在寂寂的夜里，那是一种可以进入梦中的节奏。

看了看时间，夜还不算深，亲戚肯定已然睡了，会有谁来造访呢？我开门走进院子，敲门声却消失了，仿佛被夜色吞没了。打开院门，空空荡荡，月光无边无际不知疲倦地洒落着，只有西风长长地淌过。回到院子里默立了一会儿，再无声响，怀疑自己刚才听到的敲门声是幻觉。不过，这敲门声却彻底终结了我的烦忧，让我在噩梦的出口，遇见了满世界美好的月光。

再次睡着的时候，却又是一个单纯的和月亮相约的梦，只记得漫天的月光飞舞，飞舞成一种希望，把梦也洇染得静而美。

第二天上课前，我匆匆写了一篇叫《月亮在敲门》的作文，在课堂上给同学们朗读。他们听得很认真，和我一起回味着昨夜的经历。听完后，那几个写出晚霞把房门敲得通红的男生，互相眨着眼，笑问："老师，你怎么知道是月亮敲的门呢？"我也笑："我当然知道啊，因为我打开门，只有月亮在！"

我当然知道啊，因为早晨出来的时候，偶然回头，看到门上用粉笔画着一个半弯的月亮，而且是笑着的。笑着的月亮在夜里敲响了我的院门，也敲开了我心中通向美好的那扇门，让我不管在怎样的际遇里，在怎样孤单的长夜里，都能遇见不期然的感动。

隔一丛花，看一朵云

大面积烧伤的她，依然把生活过成了无处不在的风景。没有怨怼，也没有麻木，隔着那丛丛簇簇的花儿，她把世界变得馨香动人。

一个好友近来迷上了手机摄影，无论走到哪里，她都会拍些照片，然后在朋友圈里晒出来。和别人不同的是，她只拍风景，很少自拍，风景中拍得最多的就是天和云，再就是花儿。虽然水平一般，她却乐此不疲，笑言是自娱自乐。

她喜欢从一个微小的事物串联到一个高远的事物中去，不唯摄影如此，做别的也是这样。就像她拍的那些照片中，若是拍云，则会从一簇草一丛花中把目光延伸出去，把游走的云拉进花与草的纠缠中，形成一种特别的意境，或是通过窗玻璃上的一点水渍，映射远处的种种，既像点缀，又像衬托。有时候，一些很平常甚至很丑陋的东西，通过她这种方法拍照，竟会有许多意想不到的美境。

有一次，我问她，怎么总喜欢从那么低那么小的地方去看景物。她却反问，你没有那样看过东西吗？

我有吗？仔细回想，似乎只有儿时和少年时，躺在草地上，看狭长的草叶割划着那些云的身影；或者透过一只蝴蝶的翅膀，把目光斑斓成轻盈的梦想；或者在一个小小的池塘边发呆，看着水底天空的深远；或者坐在一丛花后，看朵朵芬芳洇染东边初生的月……那些纯纯的凝望，早已被岁月蒙尘，曾经的点滴感动，已化作熟视无睹的漠然。或许她的照片，打动我的，就是在这方面，让我记起了遥远的美好。

在世事的风尘中，觉得疲累不堪，觉得周围都是黯淡，风景远在不可抵达处，更没有心情去寻一朵花的幽香、一株草的恬然了。沉重的脚步踏起漫漫尘埃，渐渐地就习惯了没有风景，渐渐地就麻木了，心和眼睛都被困囿。有时候就是这样，我们可以战胜挫折磨难，却常常沦陷于平凡里。日复一日的轮回，轻易地就埋没了所有的憧憬。

好友又在晒照片，就像花儿开在云上，就像树枝上结满了云，依然是那样的风格。心里忽然就感动，甚至震动，那一小丛花，竟是洇染了那么遥远的云朵。就像曾经的曾经，那些小小的美好，点缀着我的生活。哪怕是如山般的沉重艰难，也会在一朵花开中变得灵动起来。好友也经常说，我知道别人看我会觉得大煞风景，所以我经常躲在花后，躲在树下，也许别人的目光透过花儿再看到我，就会觉得我也是美丽的了！说完她就笑，眼中荡漾着明澈的蓝天。

真是这样，有时候，一个微笑能影响一天的心情，一种微小的触动，会在心底掀开全新的景致。对抗琐碎与平凡，对抗麻木和无奈,一点一滴的感动就足够了。风景从来都在,有时只是没找对角度,或者,茫然的目光没有聚焦在身畔的微小。

我的好友,她从来不说这些大道理,也似乎从没有这样那样的感悟,她就那样一路走着,拍着照片。她也并不是想通过这些照片来给人什么启迪,那些只是她心底美好的流露。在那场突如其来的火灾后,大面积烧伤的她,依然把生活过成了无处不在的风景。没有怨怼,也没有麻木,隔着那丛丛簇簇的花儿,她把世界变得馨香动人。

就像现在的我,也在碎碎的思绪之后,重新看到了生活的美丽。

心中书卷，眼底风光

重新捧读，大的情节似曾相识，而种种细节却如星闪耀，一种全新的愉悦，若故友重逢，各诉契阔，情谊更深。

有些地方，有些风景，我是极少在短时间内去第二次的。刚刚领略不久，余韵未淡，浪潮还未过去，再度来临，依然是第一次的心境和目光，熟悉的依然熟悉，忽略的依然无睹。只有经过时间的过滤，脚步重临，那些未曾经眼经心的，才会在岁月的等待中，散发出一种召唤。

而有些地方，我会故意遗落一些风景，这样，再次来时会有一个目标，或者无缘重来，在心底留一份带着遗憾的想念。有时候，遗憾会让人对某些事物念念不忘，不求圆满，在心里把缺失弥补成完整，是另一种境界和情怀。

读书也是如此。一本再好的书，读过之后，如果立刻重读，还是熟悉的思绪和情节，很难读出新意来。如果让它在书柜中沉寂一段时日，在心底淡忘一段时日，当最初的感受渐淡之后，新的渴望便会生长。重新捧读，大的情节似曾相识，而种种细节却如星闪耀，一种全新的愉悦，若故友重逢，各诉契阔，情谊更深。

住在小兴安岭的深处,在群山与原始森林的环绕之中,低头有书卷,远眺有风景,日子缓慢而悠然。每天的黄昏,我都出去散步,从门前的水上公园一直走到山脚下那条小路,一边是山,一边是水,小径曲折。有朋友看我散步时随手拍的照片,很是惊讶,问,你家住在景区里吗?竟是无觉,可能真的是熟悉的地方没有风景,在这里近二十年,每一处都稔熟于心,即使四时变幻,在眼中心底也不再有触动和惊喜。日日流连同一处山水,虽有佳景而无佳情,并非麻木,而是太近,太久。

每天回来,看书,有一些书很是不同。比如有几本厚厚的,《中国古典小说鉴赏辞典》《宋词鉴赏辞典》《唐诗大鉴赏》等,每天都要翻上几页,十多年来,不知看了多少遍,几乎从未间断,却一直未曾厌倦。和风景不一样,虽然风景也是横看成岭侧成峰,时间久了,自然便无新意,而有些书,却似乎是意蕴无穷,即使相同的角度,心境不同,也会有着不同的理解。可能文字中容纳的,比之眼前的山水所包含的,更变化万千。

而在风景里看书,却是另一番趣味。记得少年时,我常常去萧红故居,有时候一待一整天。那时的游人还不多,也不收门票,我经常徘徊在后花园里,草木葳蕤,思绪游荡,热了的时候,就进到正房里,看墙上的老照片,看来过的名人的题字,看那些老旧的家具。更多的时候,我会带上一本书,或者是萧红的《呼兰河传》,或者是别的什么。坐在后花园里,或者坐在萧红塑像的脚下，那些文字在心里涌动，有时累了，就抬起头，满庭风和阳光，便浑然忘了此身。

有另外的一个情境。坐在疾驰的列车上，守着窗，捧本书，情节在眼睛里游走，风景在身畔游走。看会儿书，转头向窗外，那些匆匆路过的山，路过的河，路过的树和花，路过的村庄和农田，美好接着美好，就像手中的书卷里，那些郁郁葱葱生长着的感动。读万卷书，行万里路，想起在古籍中看到的那些进京赶考的书生，背着书箧，走上漫漫的路途，白日满眼风光，夜里灯下展卷，思之而神飞。

书与风景的共存，是一种由内而外的浸染，也是一种由外而内的感悟，那是眼睛的盛宴，脚步的温暖，心灵的丰收。

在这个奔走的世间，有些风景是可以错过的，那只是一时的遗憾，而有些书，错过了，就是一生的缺失。

一面风情深有韵

独自的时候,达子香已不平凡,可是当不平凡的它们聚集在一起,就成为浪潮,席卷着大地上的目光。

喜欢走在五月的小兴安岭深处,每一步都能遇见迟到的春天。那些前阵子还看似毫无生机的枯木,忽然就变一树幽花,静静而热烈地闯入眼睛,告诉我关于春天的消息。于是脚步流淌成芬芳的跫音,在少有人至的阒然之境,遇见许多悠然的花儿,也遇见卸落风尘的自己。

榆叶梅

榆叶梅开得比较张扬,所有的花朵都大小相同,均匀地挤满了枝丫。慵懒的阳光和偶尔路过的风,让它们越发热烈。那一份张扬并不是做作,并不是故意狂妄给世人看,而是更像一个独自喝醉了的隐士,在无人之处狂歌且舞,自然流露出率真的情怀与魅力。

我总是想着,如果是在风清月明之夜,这些花儿该是另一种风情，隐去了一些日间的明艳，增添了一抹悠然而婉约的情致。就像在某些个无眠的晚上，我们悄悄地想起很多事，脸上不自觉地漾起微笑。那同样是一种别样的美，无关寂寞。

达子香

相比于兴安杜鹃这个名字，我更喜欢达子香这个称呼，前者像是身份证上的姓名，而后者却似亲切的小名。初来小兴安岭的时候，某个春末的午后，忽然在河边遇见，就拉开了相约的帷幕。那是一丛很低矮的灌木，粉红中透着淡紫的花朵疏密相间，错落有致，仿佛羞羞怯怯却又容光逼人。

几年前，也是在春与夏的缝隙里，去了一个比较偏远的小村，因为我听说那里的达子香开得最多最好。虽然已经先有了憧憬，可是，当无边无际的花海扑面而来时，心依然是被冲击得如迷失在色彩里的小船。独自的时候，达子香已不平凡，可是当不平凡的它们聚集在一起，就成为浪潮，席卷着大地上的目光。

丁香

丁香的每一朵花都极细小，并不特别，色彩也不鲜明，可是当那些碎碎的花朵攒簇着紧拥在一起，就生发出不一样的风致。白的如雪上流过东风，紫的如最后一抹晚霞上折叠的忧郁。虽然是我们这里最常见的花儿，可是每次遇见，都有一种直入心灵的莫名触动。也会带着一丝期盼，于密集的花朵中寻找那一朵五瓣的幸福与幸运。

丁香花是极好寻找的，浓郁的香气仿佛使空气都黏稠起来，缓缓地淌向远处，所以，循着香气就会走到花间。最苦的树开最香的花，这才是丁香最大的特点。而雨中的丁香却常常带出一抹愁绪来，也许那抹愁绪来自于缠绵的细雨，花儿只是一个载体。其实，愁绪只来自人的内心，是我们赋予了花儿太多的东西。丁香只在那里开着，芬芳着，或风中，或雨里，哪管世人悲喜。

丁香在家乡只是寻常。看到那些细细的花朵，我总会想起黑土地上那些平凡的人。

琼花

几十年来，一直只闻其名，不见其形。偶然在河畔散步，有几棵树隐藏在林中，开着奇怪的花儿。手掌大小的圆形花盘，边缘上却排列着八九朵白色的五瓣小花，花盘上是星星点点淡黄色的蕊。从没有见过这种形状的花，后来拍了照发到网上，有人说这就是琼花。心下很是震动，这种传说中隋炀帝专门下扬州去观赏的花，我一直以为远在山水阻隔之外，哪知却错乱了时空一般，与之猝然相逢。

再去的时候，我仔细看那几棵树，想象着它们是自然生长，还是从遥远处移植而来，在这个有着七个月冬天的地方，静静地成长，悄悄地开放。也有人说这种花就是聚八仙，确实也是带着一种仙气，幽隐于山林之间，伴晨风夕月，悠然自开自落。

偶然遇见的琼花，就像生命中许多不期而遇的惊喜。

如果没看到花朵，我不会认识那些树。人也是如此，只有拥有花开般的韵致，或者拥有果实的昭然，才会让世人真正地识得。

这个午后，想起一些美好的词

也许那些弃落的，都深藏着时光里的印痕，就像每一片落叶上分明的脉络，可是崭新的开始已经在西风中酝酿，度过漫长的冬，它们就会如约而来。

落花

我不知道它们氤染过多少人的目光，也不知道它们经历过多少流连的风和缠绵的雨，只是遇见叹息时，它们已辞别了枝头，化作漫天忧伤的红雨。只是我一直怀疑，忧伤的只是那些叹息的人，是他们的目光和心情，把那些飘零的美染上了忧郁。想想多年以前，不解风尘未历悲欢的我们，清澈的目光流淌在清澈的时光里，花开花落都是那么单纯的美。

所以，一年一年，那些人还在风尘中叹息，而身畔的那些花儿，却依旧悠然地纷纷开且落。

落叶

脱去了叶子的树，显露出坚强的臂膀，而卸落了烦冗的人，方可见风骨。曾经许多鲜活的,繁盛的,带给我们荣耀或者装点过我们生命的,都会在时光中走向枯萎,渐渐地剥离出去。纵使万般难舍,却是挡不住的告别。也许那些弃落的,都深藏着时光里的印痕,就像每一片落叶上分明的脉络,可是崭新的开始已经在西风中酝酿,度过漫长的冬,它们就会如约而来。

所以我知道,在深秋,树是无悔的,叶子也是无悔的。

落日和落霞

在黄昏,我却总能想起自己的青春。逃了晚自习,溜到呼兰河畔,坐在临水的台阶上,对着悠悠的河水和沉默的九孔桥,似喜似悲,却又似无喜无悲。多年以后我依然辨不清,彼时的心绪是为赋新词还是青春里自然的情绪,就像彼岸的那些花草树木间,辨不清的蝶与鸟。

落日就在对岸,我看着它变得越来越大,渐渐收敛了炫目的光芒,而落霞却越来越浓,它奔跑着涉水而来,在河面踩踏出一行通红的足迹。它撞进我的怀里,把我的影子从身体里撞出去,长长地抛在身后的草地上。

我就那样坐着,看着,到落日躲进了地平线,再到满天的霞光渐次熄灭,而心底,却随着闪亮起了一些东西。只是,我依然没有回去上自习。

落月

许多年前,年轻的我在一个年轻的秋天,穿过一片年轻的杨树林,眼前一片开阔,在渐老的黄昏中,遇见了一弯年轻的月。我被它勾住了脚步,当夜色弥漫开来,它就越发清晰起来。我从未见过这么细这么弯的新月,它就躺在极西的天边,如一只合着的眸。

当时我想,如果此刻有隐约的笛声多好,或者有几只倦鸟的身影多好,只是,除了悄悄流淌的风,除了一点一点响亮起来的蛙鸣,便只剩下我渐渐融入黑暗的身影。那弯细月把我的目光我的心都垂钓住了,站在苍茫的夜里,我是一粒静止的微尘,便轻笑,遇见这样的月已是幸运,怎么还要奢求笛声鸟影呢?

落雨和落雪

雨不宜长久,不期而遇最好,就像许多擦肩而过的人和事,短短的相逢,却有着长长的回忆和回味。如果没有淋过雨,如果没有在雨中聆听过雨声,如果没有一滴雨曾落进过心底,那么,你就没有真正懂得雨,雨依然离你很遥远。

雪持续得越久越好,当天上灵动的雪和地上沉默的雪把这个世间拥紧,你会发现,自己心里郁积着的,琐碎着的,烦恼着的,在那一刻也都挥洒成漫天的洁白。仿佛你的心也晶莹成一朵雪花，向着一片厚重的美好不停地飘落。

落雨是一种情怀，落雪是一种境界。

落潮

在我生命的前三十年没有见过真正的海，海还是遥远处的传说。潮起潮落，云生云灭，如我成长岁月中浮浮沉沉的梦想。第一次见到海，有着一种冲动，或者投入那片蔚蓝永远沉没，或者转身就走不作回顾。我怕时间长了，那片海就会流入心底。

只是我依然让海流入了心底，在某个落潮的时刻，那些海水如果不是在心底翻涌，又怎么会淌下咸的泪？都说海是泪的故乡，见到海如果不落泪，那不算回家。

海水层层叠叠地退去了，我看疼了眼睛，也没有寻找到梦中的海市。

落泪

那种忽然落泪的时刻，真是可遇不可求。心底没有悲伤，也没有过度的喜悦，就淌下泪来，仿佛清晨一片叶微不可察的轻颤，却唤醒了一滴露。那样的泪水，没有融入心情，不会凝结悲喜，只是本真的清澈，如生命最初的纯净。

此时此刻的泪，才能真正洗亮眼睛和心灵，也洗亮这个世界。

落雁

儿时见惯了雁阵横空,也见惯了孤雁独飞,却是不知从什么时候开始,大雁离我们越来越远了。秋日的云路中,再难觅见它们的身影。所以,我很庆幸有着一个朴素的童年,童年绽放在一个朴素的世界里,那些身畔常见的还没有成为传说。

更庆幸的是,我曾看见过一只大雁的栖落。在我少年的目光里,它就像一个传奇。失了群它却不失优雅,并不着急赶路。它落在草甸中的一片开阔之处,没有平沙,没有落日,并不悲啼,悠然地站在那里,似乎在回望。

可是,我却从它的身上,看到了生命的孤独之美。

落幕

散了的可以重聚,去了的可以重来,悲欢本无凭,世间所有的纠缠,最后只不过是换了个方式而已。并没有什么是真正的结尾,有的只不过是另起一行。也并没有什么真正的落幕,就像白昼沉睡进黑夜,星月和灯光却醒了。

树不能走，鸟自飞来

一棵树的魅力，便在于此，虽不能行，却有鸟儿不停地飞来，甚至把家安在树上。

村庄在高处，向南，是低矮的一片大草原，直到松花江边。站在院子里望去，目光很自由。驰心骋怀的过程中，我总是被一棵树将目光牵绊住。

那是一棵孤零零的杨树，远离林木，独立于旷野中。凝神于那个远远的身影，心里会有着莫名的怅惘。不只是为它的孤寂，不只是为它，更为所有的草木。它们不能行走，终此一生都困囿在原地，看世事沧桑，即使活上千年百年，也没有来去的自由，甚至没有选择，崖间水畔，荒野孤村，落地生根，永远与寂寞为邻。

少年的我，也经常跑去旷野中，跑到那棵树下，与之无言相对。树已极老，没有了远望的低矮纤细，而是枝叶纵横，浓荫匝地。村庄反而在遥远处，那么渺小。想着这棵树多少年来，看着村庄的变迁，在岁月流逝中苍老，心中油然而生的是天地一瞬的感慨。躺在树下，看被枝丫切划得支离破碎的天空，看阳光从缝隙间跌落下来，看风在树叶间缠缠绕绕，便忽然觉得，它似乎也不是寂寞的。

然后，我看到，有两只不知名的鸟儿，从远天飞过来，落在高高的枝上，于是，啼鸣声便同阳光一起落下来。我躺在那里很久，不知迎来多少鸟儿，直到日已偏西，我才向村庄走去。脚步轻盈了许多，回头看那棵树，便有了温暖的感觉。

后来故乡便远在山水之外，时光也在脚步中消散，只是，当年的那棵树，偶尔会入心入梦。虽然我跋山涉水，可以轻易地离别故土，数不尽的山水阻隔也挡不住脚步，可是更多的时候，我感觉到的不是自由。虽然我的身边人来人往，虽然红尘里熙熙攘攘，我却感觉到身前身后都是寂寞的陷阱。想起那棵树的时候，却反而羡慕它的悠然，羡慕它的怡然，或者是超然。

原来，不能行走的树，却是最自由的。那无关空间的变换，只在于心里没有桎梏与羁绊。

我给一个朋友讲过故乡的那棵树，他了然地笑。他是一个不太愿意说话的人，也不太愿意在社会上酬应交往，却也并不是出世隐居，就在一种平平静静自自然然的心态和生活中，每天看书，写字，干活，过得自在随心。我们都愿意到他家里来，并不是什么"主雅客来勤"，也并非"谈笑有鸿儒"，就像是有一种什么美好的东西在召唤着，使我们来到他这里，心里轻松，万虑皆宁。

我们就像曾经的那些鸟儿，飞向那棵树，便想起，曾经在疾驰的车上，看路两旁高高的树，总有一些鸟巢划过眼前。一棵树的魅力，便在于此，虽不能行，却有鸟儿不停地飞来，甚至把家安在树上。不只是鸟儿，还有长风，还有云，如果是一棵开花的树，来临的精灵会更多。所以，一棵树哪怕没有生长在丛林里，没有生长在景区中，它也不是寂寞的，因为总有一些美好为它而来，总有一些眷恋与它相伴。

有些人也是如此，从不寂寞，也不嗟叹，内心丰盈了，自然有美好同行。就像我的那个朋友，他吸引我们的，正是那种人格的力量，那种发自灵魂的芬芳。所以，一颗洁白而广阔的心，比走过千里万里的脚步更自由；一种自甘淡泊的心境，比千方百计去攫取的那种生活更丰盈。

如今，我再想起那棵树，便没有了怅惘，也没有慨叹。它不变地站在那片旷野中，没有遗憾，而拥有着天空的无涯；没有等待，而许多美丽的鸟儿正依依飞来。

凝望一棵树

依窗而望，那个方向，那个距离，空空阔阔，路过的风有时也会盘旋一下，似乎也在寻找。

开始的时候，我并没有注意到那棵树，直到有一天，我倚在窗前看云，从这个角度看过去，一朵云就像挂在它的枝上。于是云走了，眼睛里只剩下了树。

那是一棵李子树，并不高大，却枝丫纵横，很繁茂。以前也曾短暂地为它把目光停留，那是在夏初，它开花的时候。从它旁边路过，那一树花朵撞在晚风上的声音，便羁绊住了我的脚步。很密集的白花，有的成团成簇，细细的长蕊顶着点点金黄，在斜阳里微微颤抖成一幅很静美的画面。后来，花儿渐稀直到消失，而那一树青青的叶子，就再也牵挽不住路人的目光。

从我的窗口到它，是一段刚刚好的距离。没有很近的逼仄感，也没有很远的朦胧感，它以一个恰到好处的身姿走进我的眼睛。我也曾很近很近地看过它，当局部放大成整个视野，一些所不愿意见到的，便成了主角，比如果实上的那些虫子。这是一棵被人们抛弃的树，即使果实成熟的时候，也不能吸引人们的注意力。也许人们知道那是虫子的世界，所以都避而远之，或者视而不见。

忽然想起，爷爷就喜欢很近地看树。那棵高大古老的杨树，站在我家的田畔，爷爷在田地里干活累了，就走进它的阴凉。爷爷和别人不一样，他面对着树坐下，坐得很近。头顶茂密的枝叶抓住路过的风，爷爷就用草帽接住从枝叶间落下来的丝丝缕缕的风，再挥扬到满脸的汗水上。然后他卷一支很粗的旱烟，点燃，便在烟雾缭绕中，看那树干。

我也曾蹲在爷爷身边，顺着他的目光去看树干。树干上的树皮已经干裂，并不平整，条条沟壑，像爷爷脸上的皱纹，也像大地上的田垄。偶尔一只蚂蚁悠悠地爬上来，翻山越岭般转了一圈，又回到地面。除此，我再没看出什么。而爷爷似乎看得很入神，就像看到了树干里的那些年轮，看到年轮里轮回着的不知几多的岁月。

而我看那棵李子树，却是闲时无心无意。我并看不出什么境界来，只觉得那一簇绿色，是可以放牧目光的草原。有时捡拾到从密叶间坠落的啼鸣，才知道里面藏着一只鸟。或者风从它身体里挤过来，或者云从它头顶爬过去，才会有着片刻的灵动和生动。除此之外，是无边无际的寂静和寂寞。窗外的树，窗内的我，都是如此。

可是我并没有觉得李子树是我的一种相伴，目光离开了，心也就离开了，从来都是可有可无的存在。或许只是我的一种习惯，累了倦了，倚在窗前，恰好它也在，仅此而已。

田边的那棵老杨树，终于被村人砍倒了。爷爷便再也不去那里歇息纳凉，而是与别的老人坐在一起，抽烟，说一些村庄里古老的话题。我倒是跑到老杨树那里去看了几次，只余很粗的树根，一圈圈的年轮，每次数的数目都不一样。一直以为树虽然古老，却依然比爷爷年轻，因为树还可以活很多很多年。只是，它已经死了。少了一棵树和爷爷的田做伴，仿佛天地都空旷了好多。那个时候，我没有注意爷爷的眼中有没有失落，只知道，爷爷再也不去那样地看别的树了。

可我的心里却是有着失落的，当小区的空地重新规划后，当那棵李子树被砍倒之后，本来觉得可有可无的一棵树，在我倚窗而望的时候，目光却失去了依托。也许只有我还记得它，这棵被人们抛弃的树，再过些时日，如果我对别人说这里曾有过一棵树，他们可能会很惊讶。

然后明白，当我的目光在它的枝叶间穿插的时候，其实，心也是在那里的。并不全是习惯使然，习惯只会有着短暂的不适应，却不会有着这种长久的怀念。依窗而望，那个方向，那个距离，空空阔阔，路过的风有时也会盘旋一下，似乎也在寻找。就像我的目光，我的心情，也会在那里停留，流连，想念。

原来，曾经的李子树，确实是我的一种相伴。在寂寞的时候，在无言的相对间，各自神飞。

青青园中葵

每天的清晨，满园的葵花都冲着东方，在微风中轻轻摇曳着，生动无比。

那一年，母亲在前面的菜园里种了一圈的向日葵，于是美好的日子便开始像葵花般慢慢绽放。

没长多高的向日葵通体都是碧绿的，秆上有一层细细的绒毛。随着越长越高，叶子便也多了起来，而且很大，像蒲扇。夏天的晚上，一家人坐在院子里纳凉，便摘下几片向日葵的叶子，一边扇风一边赶蚊子，有一种淡淡的青草的香味在空气中流动。

向日葵长得很快，超过一人高时，顶端便开始开花了，有碗口大小，一圈儿金黄的花瓣，层层叠叠的。每天的清晨，满园的葵花都冲着东方，在微风中轻轻摇曳着，生动无比。那时我便喊姐姐："快看，它们真的向着太阳呢！"那样的时刻，在园中忙碌的母亲便温柔地笑。

当葵花长到盘子大小的时候，头便垂下来，此时它们便不围着太阳转了，像丰韵的少妇，低下头羞羞地笑。它们开始结果实了，密密麻麻的，在葵头上整齐地排列着。我曾在这个时候偷偷抠下几粒葵花子,剥开软软的皮儿,里面什么也没有,仁儿还没有长成。

秋天的时候,葵头垂得更低了,有的竟能长到脸盆那么大。此时的向日葵便像弓着腰的外婆,带着满足的笑容。葵花子已经长成,皮儿依然是软软的,里面的仁也软嫩嫩的,吃起来带着淡淡的甜。爷爷说他小时候,曾因肚子饿偷掰了地主家的一个葵头,躲在甸子里慢慢地吃,至今都能记得那青涩的味道。那味道让爷爷回味了一生啊!

再过些日子,葵花子便完全成熟了,向日葵换去了碧绿的衣裳,变成了深褐色。葵花的叶片早已落尽,有一种沧桑而成熟的美。这时候便把葵头割下来,堆在院子里,在秋阳下晾晒。待到完全晒干时,把籽儿全敲打下来,用布袋装好,放在仓房里,留到过年时享用。

许多年于不经意间流走了,有时也会在街上买来炒熟的葵花子,却再也找不到童年时的感觉。如今的母亲也苍老了,像秋天的向日葵弓着腰。又快春天了,遥想故园中又该快有向日葵青青向阳了吧!于是于回忆中露出微笑,向着故乡的方向。

南枝

心底柔软的那部分,便是生命永远等待温暖的南枝。

一

对于一棵树来说,春天从哪里开始,这是一个很容易的问题,即使没有观察过,也能想象得出。"向阳花木易为春",那么,春天的脚步便是先踏上一棵树向阳的枝。

楼角处有一棵李子树,并不高大,可斜逸旁出的枝丫却蓬蓬勃勃,活泼泼地占领了一方空间。五月初的一个黄昏,我从外面散步回来,路过李子树的时候,发现它已然悄悄地绽了几朵小小的白花,远看像几只蝶,栖在南边的一根看似很干枯的枝上。那几朵灵动就生动了一棵树的萧条,也点亮了渐暗的黄昏。

我在枝下驻足良久,直到夜色湮没了目光,心里却呼啦啦地敞亮了起来。直到这一刻,才感觉到春天的到来,在身畔,也在心底。七个月的冬天,五个月的雪期,沉寂枯瘦了那么久,没想到,这棵树用一根枝用几朵花就开启了它的繁盛之旅。其实每年都是如此，只是我一直忽略着，每次看到它时，它都已经枝繁叶茂了。

那个夜里，虽然还有些寒凉，我却真实地感受到了一种温暖，还有希望萌动着也想走向繁盛。如果我的生命也是一棵树的话，在长夜中，在长冬里，该用哪一部分哪种心情去迎接春的曙光？也曾走过深深的绝望，也曾在长路上徘徊着找不到方向，可是心底却总有一个地方没有起茧，等着一种美好的召唤。

心底柔软的那部分，便是生命永远等待温暖的南枝。

二

自小就从"墙角数枝梅"的诗意中走来，总是想象着"前村深雪里，昨夜一枝开"的情景，走了半生，依然没有看过"万树寒无色，南枝独有花"的惊艳，依然没有体会过"梅花一夜遍南枝"的惊喜。是的，此生至此，我依然未识南枝。

雪中的梅已在我的心底开了四十年，我一直准备着，希望在某一天，和它不期而遇。我不会去想什么精神，什么象征，什么寓意，什么情怀，什么鼓舞，我只想与它静静相对，只是静静相对，在漫天飞雪里，似乎久别重逢。

大雪落在发上，落在花上，分不清是花是雪，也分不清是白发还是落雪青丝成白首。

三

随着脚步越来越远,每次读到"胡马依北风,越鸟巢南枝"这样的诗句,心就会沉重得像压上了整个故乡和所有未曾离开的岁月。也许每个人在辗转之中,都会把故乡装进梦里。大地上的风,吹干了多少思乡的泪,又熄灭了多少回望的目光。

在山水阻隔之外,有时我真的是很怕登高,无论是山巅还是楼顶。因为在高处,目光摆脱了桎梏,心也无尽地放飞,却总是那个心心念念的来处。无法归去的故乡,无法归去的岁月,化作永不消散的苍凉,填满日子的空隙。可我依然总是在无眠的午夜,站在阳台上,对着被黑暗阻隔的方向,故乡在南边沉眠着,我一次次想进入它的梦里。

只有在朝向故乡的南枝上,才能绽放最深情的梦。

四

就像星星找不到夜空,就像种子找不到土壤,就像梦找不到睡眠,我们有时候也是这样的不遇,空有动人的舞姿,却找不到舞台。

愿我们都能找到适合自己的南枝,在阳光下,在东风里,绽放只属于我们的精彩。

院中有树，墙下生草

红尘在高墙外扰攘，而墙内，人伴着草木，静若风云，兔走乌飞之间，任草木荣萎，任年华渐老，心却怡然。

在平遥古城闲走，就像走在深深的时光里，如果不是满街举着手机的游人，肯定会恍如身处旧时。那些可以进出参观的大门大院，或者庙宇衙门，或者城墙飞楼，虽然壮观，我却入眼而不经心。反而僻静处的那些小小庭院，特别是没经修葺略带一点荒凉的，很能牵绊住我的目光。

行走在很窄的青砖街道上，耳畔却是过去的足音。恍惚间人群的嘈杂便遥远了，我不知不觉走上一条更窄的街，窄得双臂伸开就能触到两边的墙。同样青砖的墙却很高，目光攀爬上去，却无法看到院里有些什么，只有一根长满叶的树枝伸出来。看到墙上有两扇并不高大的木门，门上的黑漆已经脱落，斑驳着岁月的印迹。门中间一把锁，轻轻一推，出现一道窄缝，我一只眼睛贴过去，院子里果然有一棵极粗壮的树。我素来不识草木，那树上还开着许多白色的花。向右可以看到一小段儿古旧的墙，墙角生着几簇很茂盛的草。正午的阳光照在那处角落，叶尖闪着亮亮的光。

门缝里的世界，虽然只见一斑，却让我久久流连。一直以来，我就很喜欢老宅，不一定像眼前这般有历史的，只要有些年头的，或有人，或废弃，我都会驻足良久。也不知道有些什么在吸引我，或者是经年尘埃飞舞成的幻觉，或者是满庭沧桑的味道，或者是无人修理的草木恣意生长的悠然，或者是光阴的影子留下的印痕，于是，心绪就交融于其中，不愿脱离。

有很多人家依然居住在古城里，就在那些小街深处，已经世世代代。我便羡慕得紧，生活在这样的宅院里，会像隐居一般惬意吧。红尘在高墙外扰攘，而墙内，人伴着草木，静若风云，兔走乌飞之间，任草木荣萎，任年华渐老，心却怡然。想起故乡的故园，我童年和少年在里面居住时，房子就已经很老了，不知生活过几辈的人。如今离开三十年，它更老了吧。总是回忆起满墙糊着的旧报纸，或者梁上悬着的蛛网，甚至檐下的燕巢，那许多许多，都曾点亮过我的眼睛。

二十多年前的夏天，有一次，我匆匆从故乡的村庄路过，特意去了故园的门前看了看。老宅依然，只是房顶不再是金黄的苫房草，而是换成了石棉瓦，便觉得少了许多韵味。想想自己曾在这里生活过十年，便如梦一般遥远。看不到南边的园子，不知那棵年年开花结果的樱桃树是否还在，土墙下丛丛簇簇的青草却是不变地青葱着，如我思念的心。物是人非，只有感慨。

前些日子母亲回乡办事，回来后，我问起老宅，母亲说没有了，已经拆掉建了新的砖瓦房，土墙也消失了，墙角估计也再不会有青草如约而至。心里一下子空了许多，我知道，曾经的故乡，故园，再也回不去了。

离开那个隐蔽的庭院，闲闲地走，走到日已夕暮。晚上就住在古城里，一家古香古色的客栈，房子、门窗都是那种镂空镂花的。夜里躺在床上睡不着，见月色很好，便推门而出。院子湮没在月光里，院正中是一个圆石桌，围有四个小圆石墩儿。再远一点，是一个石瓮似的东西，里面储着水，浮着圆叶，开着小花。靠近门房附近，摆放着石制的大元宝，墙角长着一棵老树，投下一地摇曳的影子。

踩着一地的月光，来来回回地走，忽然想起，古人们夜里无眠，是不是就在这样的情境中漫步中庭？然后"起来独自绕阶行，人悄悄，帘外月胧明"，看到"缺月挂疏桐"，想到"年年今夜，月华如练，长是人千里"，然后希望"还寝梦佳期"。那么静，那么静，静得连灵魂都如月光般澄澈，纤微的感受都能触动许多美好，心也随之进入到或悠远或闲淡的境界中去。可惜我不是诗人，无法在这样的老宅月夜，写下那些清透缠绵的诗句，可此时此地，我却是有着一颗诗心的。如此的古宅老院，这样的树风庭月，最适合放牧心灵。

离开平遥，古城宛如一个梦，总是在夜里与之重逢。我依然喜欢去那些有老宅的地方，喜欢一个人慢慢地走，走着走着，便把心丢在了那里。

日长篱落无人过

有风拂面,头顶花香泻落。此刻,我不像一个游子,更如一只归巢的倦鸟。

夏日闲长,登山远足,穿林过涧间,便不知暑热。翻了几个林木葱茏的岭,眼前有一大片平阔地。一个小小的村子静静地立在阳光下,如一个梦境恍然绽放。

我站在山脚,痴痴地望了一会儿,心中如起了雾一般,穿行着无数往事。慢慢地走向村庄,就如慢慢接近心中最亲切的那个角落,仿佛穿透二十多年的光阴,走回魂梦夜夜归来的故乡。

在村头,我停下脚步。这里的每个院子,都被篱笆墙围绕。那些篱笆上,还开着一些细碎的小花。正当午后,阳光栖息在每朵花上,篱笆里面,或是小园,或是院落,充满着淡而静的农家气息,就像长风流淌过遍野的庄稼,就像飘过故居檐下的思绪。

寂而无人,也许正在酣眠。在村西的第一家篱前,我缓缓坐下,向南望,晴空下岭树山云熠熠生辉。面前一条土路,曾经的泥泞,上面留下一些浅浅的蹄痕。可以想象,那些欢快走过的羊群,怎样在大地上敲击出细密的鼓点,那些稳重的黄牛,又怎样于暮色中踏着晚照缓缓归来。

身后有喘息声，回头，透过篱笆的缝隙，见一条黄狗正向我窥视。心正惶惶，那狗竟然没有狂吠，只是倦了般，就地蜷卧，借着那一角阴凉。忽然有了感动，或许，那狗，也嗅到了我思乡的况味。以前的家里，也有一条黄花的狗，在这样悠长酷热的夏日午后，也会慵懒地卧在篱下，似梦似醒。家里的那条狗活了十几年，至今仍时时奔跑在我的梦境里。

有风拂面，头顶花香泻落。此刻，我不像一个游子，更如一只归巢的倦鸟。远远的山那边，是我客居的城市，繁华着一片梦想与欲望。在这个酷似故乡的村庄，我独坐，无人知道我来过，也无人知道，我漫漫的思绪将其与另一个遥远的村庄相连。

日渐西移，村子里传来一片开门关门的声音，一时之间，鸡犬之声盈耳，一切，仿佛从一个梦中醒来，也惊醒了沉醉于回忆与感慨中的我。我知道我该回去，告别这一方宁静与祥和。站起身来，一对蝴蝶正悠悠飞过篱笆，那些小小的花儿，仍在细细地开放。

"在绿树白花的篱前/曾那样轻易地挥手道别"，这是席慕蓉在告别青涩的恋情，而在同样的背景之下，我当年却是告别了故乡，也告别了一段纯真无忧的时光。迎接自己的，都是不被预料的种种，那许多去处，都不知会有一种什么样的心境在等待着我。像今天这样的心情，只是可遇而不可求。

爬上山顶，回望，村庄掩映在绿树葱翠间，一如心底最美的梦境，或归宿。

第五辑

直到身上落满时光

村庄里的每一户，都是守着那片土地，
一辈一辈过着烟火人生，
那些院落相连成一个大家庭，不管悲欢离合，
还是喜怒哀乐，都汇集成眷恋，成为无尽乡愁的来处。
乡亲，乡亲，同饮一井水，共度朴素的岁月，
便似乎血脉相连，亲如兄弟姐妹。

一枕乡音梦里听

那一年在外历尽风尘重返故乡，一进村口，便听见他独特的声音，带着巨大的亲切感一下子便穿透了风霜覆盖的心，泪落如雨。

离得越远，越容易听见乡音。因为在更遥远处，故乡的概念被放大，乡音也成为一地之音。若在国外，可能闻汉语而动乡情。其实，如果细究到每一个村子，语言都有着些许差别，生于斯长于斯，感触细微。比如在同省，听到同一城，或者同一镇的声音，都会有着难抑的激动。

而在我家乡的小村子，语言没有什么特殊的音调变化，也没有什么特殊的发音，基本属于普通话，只是有一些词语或者句子外人难以弄懂其中的意思，这或许是东北话的普遍特征。当将乡音细化到村时，那么，不仅仅是语言方面的缘故，更是因为同饮一井水的那种情感，才使得他们的话语也亲切入心。

当时村里有一个孩子，说话极让我们讨厌，倒不是他说什么难听的话，而是他说话时的嗓音和动作。他的声音很尖细，却又不似女声，所以听起来很不舒服，而且逢说话必手舞足蹈，因此大家都远远躲着他。直到长成少年，他说话依然如此。当搬离那个村子时，我竟很庆幸可以不再见到他，不再听到他的声音。

多年以后，当我在几千里外的异地他乡，回想起故乡的种种，也从没有那个孩子的影子出现。那个夏天的午后，我正躺在宿舍的床上看书，他便找了来，虽然多年不见，可是他一开口，我便认出了他。声音依然很尖细，依然手舞足蹈，然而，这曾经讨厌的一切，此刻在陌生的土地上，竟差点逼出我的泪水来。

原来，曾经的一切，在经过距离的拉长和思念的累积之后，会变得美好，哪怕是曾经讨厌的声音，也是游子心中的天籁。

当年的邻家老奶奶，白发苍苍，一肚子的传说故事，每天晚上，我们都会聚集到邻家，听她讲故事。她盘坐在炕头上，那略带山东口音的故事便流淌出来，每一天都不重样。我们听得上瘾，虽然害怕那些鬼神之事，但欲罢不能。后来，那个老奶奶去世，也带走了她一肚子的故事。我离开故乡后，总是想起那个黑黑的屋子，想起昏暗的烛光，想起那张满是皱纹的脸，想起那略带山东口音的故事，才觉故乡遥远，而飘荡在记忆中的声音，却比故乡更远。

一个冬天的夜，窗外是无边无际的寒冷，拥被而眠，竟梦见了当年的情景。梦里，邻家老奶奶清晰的声音，穿过沉沉的梦境，化作醒来时的一枕清泪。有些乡音，真的只能在梦里重闻，梦，是比故乡更遥远的地方。

当年，村里有个智力有缺陷的人，每日里站在村口，嘴里发出哇啦哇啦的声音。他只会发出这一种声音，谁也听不懂他要表达些什么。那一年在外历尽风尘重返故乡，一进村口，便听见他独特的声音，带着巨大的亲切感一下子便穿透了被风霜覆盖的心，泪落如雨。只要是故乡的声音，只要是乡亲的声音，不管那是怎样的声音，总能抵达我们心底最柔软的角落。

可是，离乡日久，许许多多的乡亲，却再也见不到了，更多的，都星散在外，而故乡也正一日日变得让我们不认识。心中的故乡渐渐远去，所以，我们越走越远，回去的时候越来越少，熟悉的乡音，也只能在偶尔的旧梦中响起。或许，我们一辈子不曾改变的口音，就是故乡给我们留下的印迹，一直相伴。

门前的树叶黄了

那几年，我从他们身上也学到了许多，或者说，找回了许多遗失的美好。

"门前的树叶黄了，秋天来了。"

我翻看着学生写的作文，大多数开头都是这一句。那还是十多年前，我在城市的边缘开了一个作文班，班上有三十多个学生。看着这些作文，不觉有些失望，也觉得自己还要更多地启发他们。忽然，有一篇作文让我眼前一亮，不禁多看了两遍。

当我对学生们说，三十七篇作文，有三十四篇开头是同样的一句，大家都笑了，然后纷纷说，门前的树叶黄了，本来就是秋天来了呀，这样写有什么不对吗？这样写确实没什么不对，也不能以一个开头来判断整篇作文，只是，有时候，一个好的、特别的开篇，才能够吸引人读下去。于是大家都让我读读那三篇不一样的，想感受一下。

"以前，凝望着树上的叶子，我就经常问自己，也问过家人，树叶什么时候能脱离了树枝的束缚自由地飞？后来，我就知道了，当它们黄了的时候，就可以飞了。如今，门前的树叶又黄了……"

在我很小的时候，也总问一些稀奇古怪的问题，曾经问过大人树叶为什么会落,却没想过树叶什么时候能飞。或许,经历不同,所想的也不同,少年的心境便更是迥异。听了这个开头,同学们的注意力果然被吸引住了,他们看着我,希望我继续读下去。

"如今,门前的树叶又黄了,它们又要开始一年一次的飞翔了,可我,依然被围困在院子里。"

听到这里,大家都似若有所思。我想他们肯定想到了些什么,果然,在我读作文的过程中,他们都静静地听着,一直听到结尾。

"门前的树叶黄了,它们又要跟着西风飞了,可我却不再难过。虽然轮椅把我的身体、我的自由给禁锢了,可我的心却依然能自由飞翔。"

然后他们都鼓掌,对着最前排的那个小女生。小女生坐着轮椅,脸红红的,微微地笑。我告诉大家,她的这篇作文,通过门前黄了的树叶,写出了自己的挣扎和努力,写出了一种心情转换,作文,就是要这样写才好。可是却有同学说,如果没有那么特别的经历,又该怎么办呢?于是,我给他们读另一篇作文的开头。

"妹妹总是问我,为什么到了秋天树叶会变黄。开始的时候,我告诉她,树叶是被西风染黄的。因为西风把大地上的庄稼染黄了,把草染黄了,也会把树叶染黄的。后来,我发现这个答案很诗意,却不是科学的。于是,门前的树叶又黄了的时候,我就告诉妹妹……"

这个开篇也很有意思,下面是带着科学知识的故事,这样的作文也挺好的,体现了一种热爱学习的精神。同学们听了很受启发，觉得这个题目还可以写成这样的内容，不一定非要写赞美秋天或者描写秋天的景色什么的。大家讨论了一会儿，有人忽然想起来问："老师，不是还有一篇吗？"

"门前的树叶黄了……"

刚念了一句，立刻被同学们打断："老师，这不也是和我们一样的开头吗？"

我继续念："门前的树叶黄了，父亲走了。"

嘈杂声立刻消失了，后半句的转折过于突然，让大家一时陷入聆听与思考之中。大家都睁大了眼睛，想听听下面到底是怎样的一个故事。

"父亲卧病在床已经两年多了，他在这个秋天终于走了，再也没有了病痛。他走的时候，门前的树叶已经黄了。"

大家听得更是动容，下面的故事，都是回忆父亲的点点滴滴，淡淡的伤感里，流露着浓浓的爱与思念。听完故事，大家都知道是那个安静的男生写的，大家都在思索着，原来，可以从简单的一句标题里生发出这么丰富的内容。我便给他们讲，怎样从一个题目联想到一个故事，怎样在故事里融进一种情感，或者一种道理，他们深受启发。

又是秋天了，门前的叶子又黄了。想起曾经的孩子们，便有着一种感动。那几年，我从他们身上也学到了许多，或者说，找回了许多遗失的美好。所以，虽然树叶黄了，可我的心并没有枯萎，依然如成熟的庄稼一般饱满，散发着生命的馨香。

母爱是一根针

在灯光下，母亲是那么安静，眼中只有针线，只有女儿的衣服。

回想遥远的往事，努力想找出自己记忆中母亲最初的身影，她才发现，隔着那么多的岁月，母亲留给她的依然是在灯下飞针走线的情景。那时的母亲还很年轻，一针一线地给她缝制新鞋子、新衣服，还有上学的花书包。她常想起母亲的那双手，长年地干农活，那手已经粗糙无比，结满了老茧。可就是这样一双手，捏起细小的针，做起活儿来却那么灵巧、灵活。

十岁那年，她忽然就对针线活儿产生了兴趣。母亲做活儿的时候，她也会拿起一根针，穿上线，用一些小布头缝制一些小东西。起初笨手笨脚的，常常被针刺了手，钻心的痛。有时她也会看见母亲被针刺了手，可是母亲浑然不觉般，继续穿向下一个针脚。后来，她终于也能把一手针线活儿练得熟练无比了，可母亲却不让她做活儿，似乎只要她练会就可以了。

读初中后在镇里住校，每星期回到家，母亲都会拉过她，仔细地看。夜里她有时醒来，看见母亲仍在灯下，拿着她的衣裤什么的，小心地缝着那些针脚松动的地方。在灯光下，母亲是那么安静，眼中只有针线，只有女儿的衣服。那样的时刻，她用被子蒙住头，心里涌起巨大的感动与幸福。

记不得是从什么时候开始，似乎是高中的时候吧，她开始发现母亲的苍老。虽然做活儿时仍然熟练，可是纫针的时候却很困难了，把线穿进小小的针孔里，成了最费力的事。她常常帮母亲纫针，轻轻地把线头一捻，对准针孔，一下子就穿进去，很有母亲当年的风范，母亲看了就舒心地笑。那时的母亲做针线活儿时已经戴上了花镜，可是似乎家里的针线活儿越来越少。日子渐渐好起来，即使在农村，也很少有人再自己缝制衣服，都是买来的时新式样。母亲终于可以安闲了，她想。

可是，她每次回到家，母亲仍是习惯性地看她的衣裤，却发现再也没有可以下针的地方，脸上就有了一丝失落。那已是她读大学时了，记得有一年放假回家，她穿了一件带纽扣的衣服，母亲眼睛一亮，然后开始翻找针线盒子。这个时候家里已经搬到县城，可针线盒母亲一直都带着，虽然已经很少动用。找出了针线，她帮母亲纫上针，母亲拿过她脱下的衣服，把每个扣子又重缝了一遍。这时的母亲，脸上全是满足与微笑，不知是源于重操针线的幸福，还是遂了终于可以再为女儿做活儿的心愿。那是她多年不曾见到的神情，她的心里也是暖暖的感动。

大学毕业后，她去了更遥远的一座城市工作，离家千里。那是极北的一个城市，冬季漫长而寒冷。那年的秋天，她收到了母亲寄来的包裹，那是一床厚厚的新棉被。她知道那是母亲怕她冷，特意为她做的。可是，还没等到冬天，母亲却走了。她回到家，再也看不到母亲，看不到母亲上下打量她衣服的情景，想到曾经的许多许多，不禁悲从中来。母亲生病她是知道的，可是母亲却说小病没有事，她也没放在心上，正逢她刚工作的艰难时期，就没有回去看母亲。父亲告诉她，母亲在病中挣扎着给她缝棉被，眼睛几乎看不见了。她很难想象，那样的母亲，是怎样艰难地、一针一线地把对女儿的爱都绵绵地缝进被里的。

　　回到工作的城市，她带回了母亲用了几十年的针线盒，那里面还存留着许多针和线，却再也没有一双手拿着它们灵巧地翻动。那个冬天无比寒冷，一如她失去母亲的心境。母亲做的棉被，她一直不舍得盖。终于在最冷的日子，她盖上那床棉被，一种柔软的温暖将她紧紧围绕，就像以前，一想到家中的母亲，心里就会暖暖如春。忽然，她觉得腿上一阵钻心的刺痛，开灯，掀开被子细看细摸，终于拽出了一根细细的针。她知道，母亲的眼睛不好，做好了被子，却忘了一根针在里面。

　　这一下的刺痛，瞬间引发了所有的思念和悲痛，那个寒冷的夜里，她拥着被子坐在床上，任泪水奔流。是啊，母爱就像那根小小的针，为儿女们缝制所有的美好与温暖，就算偶尔的刺痛，也是幸福的引线，是思念的开端。

只剩故事

我的父亲,如今只有母亲一个听众了,而我,却从未用心地听他说过话。

小兴安岭的春天真正到来,是在五月。这个时候屋里阴冷至极,所以老人们都不会待在家里。我每次从水上公园南边那个角落经过,总会被老人们的笑语簇拥着,于是阳光更暖。时间久了,我发现有一个高大的老者发言最是频繁,讲到高兴处便站起来比画着手势,每一个动作,每一个字,都牵动着听者的目光。

有一次我好奇地也凑过去听了一会儿,老者正讲他年轻时在山林里各种遇险的经历,确实很吸引人。当然,别的老人也讲,都是他们曾经最难忘的那些事,但是这个老者的听众最多,几乎每次看见,他身边都聚拢着不少人。可是不知从哪一天开始,他身边的人开始减少,于是寥寥,最后终于没了听众。有时候他去到别的小群体里,别人也不给他说话的机会了。

于是他渐渐地成了一个游离在圈外的倾听者,可是每次我看见他,都能看出他脸上的落寞。那是一种熟悉的神情,想来也曾是让我无数次心痛的神情,那种落寞,也曾属于父亲。

父亲退休后，也是经常去公园里，和一些老伙伴高谈阔论，每次回来还意犹未尽。有时候想对我讲，可是那些往事我都能背下来了，于是总是借故离开，甚至会表现出明显的不耐烦。我从没想过，父亲会是怎样的难过。很久以后，当我回想父亲眼中的落寞时，却是那样地刺痛着愧悔与思念。

后来，父亲犯了脑梗行动不便，再也不能去公园里和别人聊天、讲故事，有时候母亲推着轮椅带他去了，他也不再如从前般神采飞扬，只是在人群外待上一小会儿，就让母亲推着回来了。父亲每天醒得很早，他坐在那把大椅子上，对母亲不停地说，说着许多遥远的往事，母亲静静地聆听，偶尔插上一两句。在某个早早醒来的清晨，听着父亲低低的话语，我忽然就悲伤无比，我的父亲，如今只有母亲一个听众了，而我，却从未用心地听他说过话。

舅舅去世，母亲回老家参加葬礼。那几天，是我和父亲睡在一起。早晨起来扶着他坐在椅子上，沉默了一会儿，父亲给我讲起了从前的岁月。我坐在他对面，暖暖地听，听得朝阳爬满了窗户，也栖在父亲的笑纹里。光阴都静着，美着，在父亲的白发上。

静美的光阴走得飞快，几个月后，父亲便永远地离开了我。很长的一段时间里，我生活在无边无际的自责与愧悔中。有一次我整理父亲的遗物，发现几个大笔记本，那是父亲的一些日记和回忆录。这个世界上已经没有了父亲，只剩下写在纸上的这些往事了。在泪眼中，在濡湿的心底，那么多的时光在真实中虚幻，又在虚幻中真实。

也是在一个很深的夜里，无眠的我想起了小时候，一个很冷的腊月，快过年了，在外工作了一年的父亲回家。那个晚上，我们全家一起包饺子。父亲给我们讲故事，有他的经历，有民间的传说，有妖魔鬼怪。我们听得那么忘神，火炉在一旁静静地热烈着，父亲的声音带着一种魔力在屋子里回荡。而此刻，身畔是那么深浓的夜，心底交织着幸福与疼痛。这个世界上已经没有了父亲，只剩下父亲讲过的故事了。

夏天的时候，当我又一次走过门前的水上公园，那些老人还在那里说着、听着。我留意了一下，却并没有发现当初那个高大的老者。又往前走了一段，在一个小树林里，在偏僻处，传来熟悉的声音。我走过去，透过枝叶，那个老者正在滔滔不绝地讲着，可是，除了风和阳光，除了静默的树和花草，他的身边没有听众。我轻轻地退走，却有着很复杂的感受。

如果有一天，我老得只剩下了故事，愿还有时光在倾听。

过尽飞鸿字字愁

大雁是光阴的信使,一个个秋天就这样随雁影远去了。

教室里,我们大声参差不齐地念着:

天气凉了,树叶黄了,一片一片叶子从树上落下来。

天空那么蓝,那么高。一群大雁往南飞,一会儿排成个"人"字,一会儿排成个"一"字。

啊!秋天来了!

作为东北大平原上农村的孩子,我们对秋天的种种真是太熟悉了。我那时就很喜欢秋天,当庄稼寥落以后,大地是那么空旷,目光可以自由驰骋。南归的雁阵是我们见惯了的,它们总是从西边高高的天上飞过,我觉得它们可能有一条固定的云路。

我愿意看大雁路过我们的村庄,它们使天变得更高了,它们的啼鸣也声声垂落下来,挂满了大地上日渐疏朗的树。我总是幻想,自己的目光攀上大雁的背,从天上俯瞰我的家乡,会不会看到村西头某个院子里,那个正在仰望的小小少年?我的心是欣喜中带着憧憬的,想象着大雁是前往怎样一个温暖的去处。彼时的心里是那样清澈,没有关于秋天的萧瑟与落寞。天上移动着的

"一"字和"人"字,在我眼中写满了美好。

记忆中的雁阵,是写在天空上的一句诗,却没有离愁。

大雁是光阴的信使,一个个秋天就这样随雁影远去了,仿佛只是刹那间,便已时过境迁。

可当我少小离家,当三十年未归,当中年回望,故园上空的归雁,却真是字字如思,行行成愁。"鸿雁在云鱼在水",大雁再也不能传书,却每一只都载满了我多年前的目光,可那些目光再也遇不见家乡。现在的秋天,我再也看不到南归的雁,大雁和我都迷失在世事的风尘里。也许大雁已改道他乡,抛弃了我蒙尘的眼睛。

当故乡的过雁变成心底化不开的苍凉,才发现,我竟然那么羡慕那些大雁。它们虽然年年为客,却也年年归乡,许多年过去也不曾迷路。可是我,早就漫漶了回家的路,只能一次次在心里,在梦里,去亲近那些遥远。

在故乡的时候,也曾多次看过失群的孤雁,它们啼叫着滑过天空。可当时我依然没有伤感,它们虽然失了群,却没有失了那条云路,总有一天,它会与同伴们相会在一个温暖的地方。忽然觉得,离开了故乡,在风尘中漂泊的人,每一颗心都如西风中的断雁,只有哀伤,没有了希望。归不去的故乡,聚不了的亲人,各自在风中离散苍老,我们走的,是一条不能回头的路。就这样处处是他乡,年年为异客,直到老了,走不动了。

可是我现在多想再仰头看看那些整齐的身影,不管它们在天上写下怎样的变迁,不管它们在我心底写下怎样的沧桑,在我湿润的目光里,依然会重叠着曾经的感动。至少,它们会给我一种亲切感,那一声声啼鸣,也会洗去心上的一些尘埃。可是大雁不会理解我们,曾经想飞的心是那么热切,不管飞得多高、多远,都会有无奈在等待着,虽然并不会后悔,可飞不动的时候,就想归去,一回头,却茫然无路。

故乡在时光中遥远成不散的温暖,却在现实与变化中遥远成面目全非的陌生。

故乡的天空依然那么蓝,那么高,多年前的那群大雁依然往南飞,一会儿排成个"人"字,一会儿排成个"一"字。原来,它们早就在我的心底写下了一首深沉的诗,让我用一生去阅读。

故乡的标点

河流是一个破折号，一头连着故乡，一头连着我的心，完成着一句最深情的表达。

有时候回望故乡，曾经的点滴种种，就像一篇情节曲折、细节感人的小说，心就徜徉于其间，流连忘返。而那份乡情浸润的记忆，如风如月，散文般动人心怀，回味悠长。那些星星点点于往事中闪烁的，就如标点般，分隔着许多情节的变换，也连缀着许多细节的相互辉映。那些标点般的存在，就是故乡烙在我心上不可磨灭的符号。

村西的那条小河直直地流淌，儿时遥望河流的尽头，是无尽的憧憬，如今从记忆里望去，却是延长着我的思念。河流是一个破折号，一头连着故乡，一头连着我的心，完成着一句最深情的表达。

最眷恋村中央的老井，多少清晨同太阳一起涌起的喧闹，多少黄昏点亮井台上空的第一颗星星，它沉默地陪伴，在日月流年里。圆圆的井口，装进了祖祖辈辈的目光，也装进了数不尽的星光月色、许多岁月的沧桑变迁。然后终于有一天，它静静地消失了。老井是个句号，终结了一段过往，开启了一轮想念。它把怀念封存于过去，只有回望的目光，只有心底的温暖，才能走近它的故事。

那些灵动着的鸟雀，倏聚倏散，时栖时飞，就像一群不安分的逗号，调皮地更换着位置。于是村庄故事的情节被它们不停地打乱重组，生发出许多不被预料的精彩。还没有从一个情节中回过神来，逗号们已把另一个情节呈现。当年看不过来的细节，跟不上的节奏，在多年以后的回忆里，却如慢镜头般一一上演，纤毫毕现。

有人说，跟着炊烟的脚步就能回到家。可是，当隔着时空的距离，即使被炊烟牵手带回的，也不再是过去的故乡。村庄的炊烟是无数的叹号，每一天的早中晚，都在天地之间书写着一种情感。就算有风的时候，也吹不散那一缕牵挂。炊烟下的房子，就是叹号的一点，也是生长着所有梦与情感的地方。所以，跟着炊烟能回到家，一个所有爱恋的来处。

村周围的那些林子，像一组巨大的括号，把故乡揽进温暖的怀抱。所有的阴凉洒落，所有的温暖萦绕，多少春秋冬夏，故乡都在安逸宁静与幸福中存在着，它也一直这样存在于我的心里，从不曾因世事沧桑而改变。

宁静的夜里，狗的叫声就像一个个顿号，在现实和梦境中切换着情节。仿佛梦里一个短暂的停顿，狗沉默了之后，便又回到梦里的故事。可是，在没有犬吠的都市之夜，一梦沉沉，疲惫至极。再没有一两声狗叫，缓冲一枕的流逝，就像不停地跑了许久，累到欲死，依然没有能够接近故乡。

亲人的心是引号，我的心是引号，我们用心记取着彼此的每一句话。虽然时光走远了，那些话却一直在引号间响着，便是彼此的幸福。当亲人故去了，当时光也老了，失去了一半的引号，那些话便都散落在泪水中。我想说更多的话给他听，可是，再也没有另一颗心把这些话语留住。于是，我的思念便不可断绝。

小河边的垂柳是问号，亲人弯了的腰是问号，想念时低头流泪的姿势是问号，都在问着同一句话，为什么要离开故乡？为什么宁可在终生的怀念中去爱，也不愿意守着那一方热土？

所以，父亲夜里的咳嗽声，我离开家乡的足音，母亲时常的叨念，都是省略号。省略了那么多的故事那么多的心情，却使无言的种种如海一般将我湮没。走得越远，离得越近，永远不能省略的，是离家孩儿的赤子之心。

那一声声叹息与呼唤

可是他自己都常常弄不清自己到底想要怎样的生活,也许只有与鸟儿相伴的时刻,他才是真正的安静与安然的。

他从小爱鸟成痴,几乎每一只飞过眼前的鸟儿,都能飞进他的心里。父亲在他出生后不久就病故了,他和母亲相依为命。母亲白天去工厂上班,晚上还要在灯下,用缝纫机做一些从服装厂接的小活儿。

他家住在城市最边缘的平房里,有个不太大的院子,他小时候经常站在院子里,看着檐下那些形状各异的燕巢,看着飞来飞去的燕子驮着风和阳光,便总是悠然神飞。上学之后,他从别人那里要来一对鸽子,两三年的时间便繁衍了一大群。他养鸽子很用心,了解每一只的脾气性格。虽然家里并不宽裕,可他养鸽子,母亲很支持。

所以当那群鸽子有一天不辞而别,不知飞往何处,再也不回来时,少年的他哭得不能自已。他不只是养鸽子,后来窗前更是挂了许多鸟笼,里面各种各样的鸟儿,唱着各种各样的歌儿。有时候,他和母亲就默默地坐在那儿,听着那些歌儿。不知从哪一天起，他似乎开始了传说中的叛逆，不想和母亲说话，也不想听母亲说话，只有这样坐听鸟鸣的时候，他和母亲才是平和的，如雨季里难得的阳光。

他没有像母亲所期望的那样，学习好，考上理想大学，找份安心的工作。他高中勉强读完，就告别了校园，在汽修厂当学徒，市场里卖菜，工地里当劳工，每一种工作都没有做长久，而时间就匆匆地流走了。他也没有像母亲所期望的那样，找个踏实的工作，不管挣多挣少，能够生活，能娶个知冷知热的媳妇，能有个可爱的孩子。有时候他也觉得惭愧，母亲劳累半生，却换不来她所期望的种种。可是他自己都常常弄不清自己到底想要怎样的生活，也许只有与鸟儿相伴的时刻，他才是真正的安静与安然的。

有一天，他把所有的鸟儿都拿去，与别人换来一只鹩哥。他那些鸟儿里不乏珍贵品种，可是他依然坚决地换了。他发现母亲越来越沉默，沉默染白了她越来越多的头发，他也想和母亲每天聊上一会儿，可是却不知说些什么，似乎说什么都是辜负，都会勾起无边无际的自责。可是他又能怎么办呢？三十而立，他什么也没立起来，还不知道自己想要什么，难道真要等四十不惑才能清楚此生的因由？

每天空闲的时间，他都在教那只鹩哥说话，可那只鹩哥却打死也不学，不说，任何办法都没用。他非常怀疑自己上当了，换来了一只傻鸟、笨鸟。最后他终于放弃了，带着深深的失望。本来，他换这只鹩哥的目的，是想自己不在的时候，它能陪母亲说说话。虽然不能像人与人那样交流，但是他觉得把自己对母亲想说的那些，都化为短句教会鹩哥，听着那些话，母亲一定会欣慰一些吧？

他最终离开了，只对母亲说，要出去闯荡一下，一定要混得像个样子再回来。母亲难舍的目光牵绊不住他离去的脚步，他像曾经养的那些鸽子一样，飞向了未知的天空。只是飞到了陌生的境遇中，他才发现，自己竟然什么都不会，想着不会可以学，但与人交流、相处时却格格不入，所以处处碰壁。他被踩成泥巴，再从泥巴被踩成石头，露出了黑暗的锋芒，走上了一条通向深渊的路。

偶尔他会给母亲写封信，也只是淡淡地说几句，报个平安。曾经面对面说不出的话，如今身处尘埃之中，那些话更是化作了沉默，而且他不给母亲留下具体地址，他不敢面对母亲的字句。在监狱的三年中，他再没给母亲写过信，他怕母亲收到监狱来的信，会崩溃，他更怕的，是母亲的伤心与失望。

当他重回故土，已是离家近八年了，一种沧桑感在心底蔓延成无边无际的秋。回到家，却是空室无人，母亲在一周前病逝了。那一刻，生命中的秋全变成了寒冷的冬。虽然已经四十岁了，可有母亲在，他总会觉得自己依然是个孩子，而从此，他就成了孤儿，断了温暖的来处，只能自己去面对世事的苍凉。

那个夜里，他躺在床上，把曾经那些深埋在心底的话，对着黑暗说着，说到泪流满面，可是他知道即使说得再多，母亲也听不见了。正被无穷无尽的悲伤包围着的时候，他忽然听到一声长长的叹息，他猛地坐起来，然后又是一声："儿啊！"他跪在了地上，那是母亲的声音，带着无尽的情感与悲凉。

  隔了一会儿，又是一声长长的叹息，又是一声对他的呼唤。他打开灯，没有母亲的身影，可那叹息与呼唤依然继续着。他在角落里看到了那只鹩哥，它已经很老了，在笼子里静静地卧着，它看了他一眼，又发出一声叹息，又呼唤了一声"儿啊"，和母亲一样的声音，一样的语气。

  他抱着鸟笼，哭得不能自已。

花朵碰落光阴

时间和风,仿佛在联手做着一个美好的游戏,它们嬉闹着,花儿就开了,它们过去时,便把花儿折落了。

"外面地里甸子里都是花,还在屋里种花干什么?"我很是不解地问。

妈妈正在南园里挖土,装进身旁不知从哪儿找出来的一摞花盆里,我一盆一盆地往屋里搬。

"花盆里种的花,有的是外面没有的,冬天的时候也有的开花呢!"听了妈妈的解释,倒也觉得很好,想象冬天的时候,外面大雪飘飞,屋里花香弥漫,一时很是神往。

平时我对花草什么的,并不是很注意,初夏的阳光暖暖,照着东邻菜园里那一片绿油油的大葱。几朵淡紫色的喇叭花很努力地爬过了墙头,在高处盛接着阳光的泉。那些细细的蔓缠绕在墙头的短栅上,还在向空中伸展着,想要抓住些什么。许多年以后,我才知道,那些细细的蔓如远去的幸福,抓住了当初我不经意的心,而记忆里的喇叭花,全是呼唤的形状。

今天我格外留意了一下,就发现了一只伪装成花瓣的蝴蝶。

感觉到我的靠近，它便不再镇定，翩翩然飞起来，于是我就在后面追赶。转过土墙，花蝴蝶已经没了影儿，却见东邻的小女孩正站在墙下，也出神地看着什么。墙上斜斜地挂了半幅阳光，她小小的影子也印在上面。她轻轻地向我摆手，指了指墙上。我悄悄地走近，向墙上细看，一只小小的蚂蚁正衔着一根极细小的花蕊，慢慢地往上爬，已经爬了半人多高。蚂蚁经常停下来歇息，花蕊便在风里轻颤，让我们担心会把蚂蚁带落下来。然后，它继续向上爬，忽然，花蕊从它口中掉落。女孩轻叹了一声，小声说："第五次了！"

小蚂蚁有着短暂的茫然，然后迅速掉头爬下墙面，转了几圈，找到那根花蕊，衔起，继续。不知土墙的那边有什么在等着它，更不知它嘴里衔着的芬芳，要送给谁。我和女孩就站在那儿，看着它的努力。每一次花蕊掉落，都像落在我的心上，有着一种温暖的震动。它又努力了四次，终于慢慢地爬上了墙头。我和女孩微笑地看着，阳光和清风送着它和它的芬芳过到了墙的那边。

我们没有再去墙那边看，女孩要去村西的野地里采一种很小的野花，就像蚂蚁口中衔着的那么大。她问我："你去吗？"

东邻的婶子，女孩的妈妈，是一个嘴皮子厉害、性格泼辣的人，却是不惹人讨厌，而且一副热心肠。虽然平时说话尖酸刻薄，可是到了真有什么事的时候，第一个伸手帮忙的，肯定是她。婶子有一个爱好，就是喜欢种大葱，种在园子里一块很固定的地方。那些葱每到春夏，便一片婷婷，绿得清新，白得水嫩。

有几短垄的葱是一直不动的，留着秋天打籽儿。我曾在秋天的时候，和女孩在她家的菜园里，看大葱的花。那些大葱已然非常粗壮，花朵是一团白绒绒的球形，有小孩子的拳头大。它们高高地站在细莛之上，细看，球形里面是密密麻麻的更细的茎，每一根都顶着一朵细小的白花，淡淡的黄蕊，既不美丽，也不芬芳。我们看过，也就失望了。

"咱们要采什么花？"

"听别人说，叫葫芦根儿的！"

"葫芦根儿不是咱们前些日子吃的那种吗？也不开花啊？"

"哎呀，不是那个了，是另一个！你跟着我就行了！"

我和女孩蹚着一地的阳光，在村西河边的野地里寻找着。女孩不停地转动着头，两只小辫子忽左忽右地飘飞。于是我就采了几朵鲜艳的野花，插在她的辫梢儿，看着那些花儿飞舞，想着会不会招来蝴蝶。渐渐地，我便认识了那种小花儿，有着黄白两种。她告诉我，这两种都要，都有用，把它们晒干后，黄的冬天三九天泡水喝，白的夏天三伏天泡水喝。

我问："你妈喝了这花泡的水，好些了吗？"

"好多了啊，不怎么咳嗽了，也不怎么咳血了！今年再喝一年，就好了呢！"她充满希望地笑，眼睛里色彩缤纷，都是芬芳的田野。

于是我就和她更加卖力地寻找，寻找那些隐藏在草丛里的小小花朵。每一朵都像女孩遗落的笑，每采一朵，她的笑就会浓上几分。她提着的小小柳篮里，已经装了一半灿烂的笑容。

东邻的婶子，两年前便得了咳嗽的病，咳得停不下，咳出的痰带血。别人都说，这不是好病，可是家里贫穷，上不起医院，便一直服用普通的止咳药，长年喝熬的草药，再就是千奇百怪的偏方。虽然人越来越瘦，可是嗓门也没变小，热情也依然燃烧，话语也还是带刺儿。

回来之后，女孩拣出那些小黄花儿放在窗台上晾晒，又把小白花儿洗净，给妈妈泡了一碗水。她家的屋子里弥漫着浓浓的中草药味儿，婶子坐在炕上缝着一双花布鞋，很响亮地和我打了招呼。我走出门，听到身后传来一连串的咳嗽声。

妈妈已经把那些花盆摆上窗台，有的已经栽上了花秧，有的是种下了花籽儿，已经浇过了水。它们站在阳光下，等着开花或者出土。过了些天，那些播下花籽儿的花盆里，已经陆续冒出一些细嫩的芽儿，它们好像从一个长长的梦里醒来，充满了好奇，一天天地往外挣着身子。只有一个花盆里，一直没有动静，妈妈也开始怀疑自己，是不是当初忘了往里埋花籽儿。直到等得快要失去信心时，那个花盆里终于顶出一点小小的绿色。

夏天随着我奔走的脚步，开始深浓了。房后的一片扫帚梅，已经高高挑挑地开满了单瓣的花。每天的傍晚，我都会坐在门旁的土墙上，伴着斜阳和风，悠荡着两腿看一些晚归的燕子。那些扫帚梅摇摇曳曳，于是就很快乐地想起，要是东邻的女孩还像以前那样，傻傻地为每一朵花起名，会不会累得哭了？便向她家的院子里看了看，那几株土豆花长得很茂盛，正在走向开花的过程。以前的时候，女孩还热衷于给花儿起名字，特别是那几棵土豆花，然后是她看到的所有花。那些名字千奇百怪，常常让我们笑得不能自持。我们经常指着某朵花问她叫什么，她都能很快地说出来，难为她是怎么记住的。后来，她妈妈病得越来越重，她就一门心思地去采那种葫芦根儿的花，就再也没有给花起过名字。

那个午后，我在村西的河边遇见依然在采花儿的女孩。大地像被夏天打翻的花篮，各种大大小小的野花散落着。而葫芦根儿的花快落了，女孩很着急，我帮她一块儿寻找，依然在她的辫子上插了两朵会飞的花儿。她依然不恼，却似乎没有了当初那种像花儿般的笑容。正寻找得起劲儿，忽然村里一个大妈急急地跑过来，对女孩说："快回去，你妈要不行了！"

女孩猛地抬头，辫梢儿上的花朵跌落下来，砸碎了一地的童年。

我正要捡起她掉落的篮子，她回头说："不要了！"跑出很远。转头看，那个小小的篮子倾倒在地上，细小的花朵流淌了出来。

东邻院子里很多人进进出出，女孩跑进屋里，两颗大大泪珠落在身后的地上。我看到墙角那朵半开的土豆花，不知被谁碰落了，静静地躺在那儿，依然红得醒目。

秋天的时候，一个很晴朗的周日，我在村西的小水库旁看人们捕鱼，忽然看见东邻的女孩站在不远处的一片草地上，似乎正在发呆。她已经上学了，虽然还是很愿意说话，可是笑的时候却很少。有几次去她家里，看到她站在锅台前，面对着很大的铁锅在做饭。偶尔在她的书包里看到一个本子，里面画了许多花，每朵花旁都写着一个名字。原来，她依然喜欢给每一朵花起个芳名，只是不再说出，而是记进了本子，就像把许多心情都收藏在岁月里，把许多快乐的、悲伤的，都留在心底。

我来到她身旁，阳光在她的发丝上闪着细细密密的光。顺着她的目光看过去，前面一大片婆婆丁的花，白茫茫的。我惊叹："真好看的花！"

她转过头来，眼睛里映着远处的河水，说："那才不是花呢！我们刚学过，婆婆丁就是蒲公英，这些是种子，不是它的花儿，花儿是夏天时候那种小黄花！"

一时有些羞愧，我当然也知道这是蒲公英的种子，可是，它们长得确实像花啊！这样嘴硬着说的时候，一阵风从河面上走过来，蹚过这片蒲公英，然后，便带它们飞满了天空。每一朵小伞都带着一缕目光，带着一份梦想，还带着一种希望。我们都看得呆了，看着那些蒲公英的种子飞过眼前，飞过草地，飞过了细细的河流，飞向未知的美好。

回去的时候，我看见一朵小小的蒲公英落在她的发梢，流连着不肯飞走。它就在那里随辫子悠悠地晃着，一直到了女孩家的院子。我不知道那朵蒲公英会落在何处，可是不管落在哪里，明年，都会生长出一份美好来。婶子的离去，带走了她大部分的笑，她让那些笑去另一个世界里，陪着婶子。

日子走到了冬天的边缘。当初我妈妈摆下的那些个花盆，已经一片繁茂，好几盆都已经开出了花，还有一些盆正在打着骨朵。东邻女孩便经常来我家，和姐姐们对着那些花盆，说着那些花儿，有时也拿着铅笔在本子上照着画。每当这个时候，我就暗笑，知道回去后，她就会在画着的那些花旁，写下一个出人意料的名字。也只有那样的时候，她会自然而然地漾起浅浅的笑，花儿的香与色，融化了她脸上的些许坚硬。

有一次，大姐说："你这么喜欢花儿，我送你一盆吧！"

她绽放出少有的惊喜，明亮的目光抚过那些盛放。可是大姐却指着一盆刚刚结出花骨朵的，笑着说："不给你那些开着的，给你这个，好不好？"

她的眼睛生动地转了转："好！不过我现在不拿回去，过些天我来拿！"

然后有好几天没有见到女孩，她似乎忘了这盆花的事。那个礼拜天，她却来了，对大姐说："大姐，我来拿花儿了！"

我们都看向当初许诺给她的那盆花，时间的手已经把它抚开成朵朵的灿烂，竟然是所有花里最美的一盆。

大姐开心地笑："小丫头真聪明，知道用时间来换花开！"

女孩也笑，很遥远的那种笑，就像她妈妈还在的时候。她捧着那一盆美丽走了。她脸上的笑依然在，落在那些花朵上，花儿便似乎越发鲜艳。

聪明的女孩，知道用时间来换一盆花的开放，只是，要用多长的时间，才能换回她以前的快乐和无忧呢？我不知道，也没有人知道。我知道的只是，总会有那样的一天吧，不管多长、多久。

于是冬天就来了，然后雪也来了。

东邻女孩突发奇想，她想养雪花。她用一个玻璃瓶子装了一半水，冻成冰，然后就等着再飘落一场雪。雪来了，她却认为雪花是活着的，必须要捉到一朵放到瓶子里。她伸出手，雪花便融化在她的掌心里。她挺难过，说是害死了一朵雪花。最后举着瓶子，终于有一朵很大的雪花落了进去。她拧紧瓶盖，怕那朵雪花飞走。那个装着雪花的瓶子就放在外面的窗台上，每天她都会去看看，有时我也会去看看，雪花就静静地躺在冰上，一个小小瓶子，便装进了整个冬天。

我没有注意到，当冰雪融化的时候，当瓶子里的那朵冬天消失的时候，女孩有没有难过。当我想起这个问题，女孩已经又被她家园子里那一树的樱桃花吸引了。樱桃花很小，攒簇在一起，是一种很柔软的白，点点嫩黄的花蕊，增添了许多灵动的风致。

时间和风，仿佛在联手做着一个美好的游戏，它们嬉闹着，花儿就开了，它们过去时，便把花儿折落了。当满树的樱桃花在风里片片飞舞，东邻女孩便几乎不眨眼地看着。她的目光随着飞花，划出一道又一道优美的弧线。那目光极为澄澈、柔和，拥抱着那些飘飞的花朵。花朵触落了春天，却没能在女孩的眼睛里写下伤感。

我问："这么好看的花儿都落了，你不难过吗？"

她依然浅浅地笑，眼睛里全是希望的星星："不难过啊，这么多的花儿，夏天的时候，树上就会有许多许多红红的樱桃了！"

有些成为回忆，有些则被忘却

多年以后，当楼上一个老大爷天天用手风琴弹这首曲子时，心总是乘着音乐的翅膀，回到那个朴素而多姿的年代。

我看到几个男生抬着一架脚踏风琴进了教室，上课铃声追赶着他们的脚步，好奇心一下子被勾了起来。这是我从乡下中学转到城里中学的第一课音乐课，有着一种陌生的期盼。可是很快，这种期盼就被打击成了沮丧。

教音乐的是一个年轻的女老师。她二话不说，便坐在脚踏风琴前弹唱了一首《喀秋莎》。在农村生长的我何曾听过这样的音乐和歌声？独特的旋律带着悠悠的尾音，扫起我心底那么多的欣喜。当我依然沉浸其中时，老师已经在黑板上快速地画出了一些五线谱，然后她叫了正在发呆的我："这位同学，请你到黑板前把《喀秋莎》第一段的五线谱译成简谱！"

站在黑板前，我看着那些高高低低蝌蚪一般的符号发呆，仿佛窥见了一个完全不了解的世界。老师并没有批评我，而那以后我恶补了一下这些音乐的基础知识。当我能在黑板上流利地把五线谱译成简谱时，《喀秋莎》我已经唱得相当熟练了。这似乎是我接触的第一首外文歌曲，便刻在了青春的最初。多年以后，当楼上一个老大爷天天用手风琴弹这首曲子时，心总是乘着音乐的翅膀，回到那个朴素而多姿的年代。

过了一年多，我已经熟悉了城里的生活，也习惯了在城里上学的氛围。那个春天，呼兰师专有几个即将毕业的学生来我们学校实习，分到我们班的，是一个开朗的女生。上课时她和我们一样认真听课，记笔记，下课后她和我们聊天，教我们唱歌，其中就有那首我一直都很喜欢的 Yesterday Once More（《昨日重现》）。当时我觉得，世间竟然有这么美妙的歌声，那么静、那么美，像午夜的星光月色，能把人的思绪拉进一个神奇的世界，就连我这样不懂音乐的人，都流连忘返。

而我真正体会到外文歌的魅力，是在高中以后。一个周末的下午，和一个同学闲逛，去了他一个亲戚开的琴行。满墙挂着各种吉他还有我不认识的琴，当时同学的亲戚正专心地听着音乐记谱。我俩坐在那儿，很快便也沉入到音乐的海里。当时虽然听不懂歌词，可是那旋律、那歌声，如无形的手指，一遍一遍地抚着我的灵魂。歌声给了我复杂的情绪，仿佛一种诉说，又仿佛一种感叹，似乎有些不羁，又似乎有些无奈，既像是希望破灭后的怀念，又像是在绝望中看到的一丝光亮。总之，各种矛盾的感受相互纠缠着，是单纯对音乐旋律和那个有些沧桑声音的感受。

现在我依然记得，当音乐停止，我迫不及待地问同学的亲戚，这是什么歌时的急切心情。从那一刻起，歌名便镶在了心上——*Hotel California*（《加州旅馆》）。当时没有网络，我千方百计地找到这首老鹰乐队的《加州旅馆》的歌词。我想看看歌词给我的感受和音乐所给我的是否一样。其实，歌词我也是看得很朦胧、很混乱，那种感受和音乐很相似，仿佛那个旅馆，那个房间，那个她，如梦似幻，而"我们都是这里的囚徒"，可是，却又似乎在唱着自由与梦想之声。而我感触最深的一句，就是："有些成为回忆，有些则被忘却。"

有着魔力一般，《加州旅馆》的音乐在脑海里游荡了很久。虽然大学之后，接触了许多外国音乐，有乡村音乐也有流行音乐，其中不乏深喜的，可是这些都没能把《加州旅馆》湮没。直到毕业后，当梦想与现实碰撞，当我于彷徨中茫然，当我远离故土，忽然有一首歌落进了心里，那就是加拿大音乐家马修·连恩的 *Bressanone*（《布列瑟农》）。遇见《布列瑟农》，就像遇见了一种安慰，遇见了一种美而悠长的乡愁。

歌声清清浅浅却透着沧桑，仿佛讲着那片心心念念的古老的土地的故事。特别是歌曲的结尾，在音乐声渐低渐远之后，忽然生长出火车驶过铁轨时的"咔嗒咔嗒"的声音，在音乐的余韵中，把我的心载入时光深处的故乡。也许，每个人的心底，都有一个布列瑟农般的小镇，永远美丽着，却回不去。

故乡遥远，即使归去，也不再是曾经的一切。我在异乡奔波劳碌，穿过无数次的黑暗。在黑暗中，在琐碎的困囿里，我总是反复听一首歌，澳大利亚女歌手蕾恩卡·克莉帕克的 *Trouble Is*

A Friend(《烦恼是朋友》)。流畅而又律动的旋律，质感而又透着温暖的声音，很有治愈性。虽然我并没有让烦恼成为我的朋友，可是烦恼却也不再是我的敌人。月色涂抹的晚上，这首歌总能洗去心上所有的芜杂，然后飘进一个清澈的梦里。

七年前，在影院看《速度与激情7》，故事很快模糊，而主题曲 *See You Again*(《再见》)，却在心中久久不散。有人评论这首歌"开心时入耳，伤心时入心"，确实如此，不同的心境下，听这首歌的感受也会不同，有留恋，有遗憾，有憧憬，也有祝福。即使不知道这首歌是在缅怀和纪念《速度与激情》的主演保罗·沃克，我们也能于音乐中品咂出一种深沉的情感。

See You Again，可以缅怀太多的人和事，也可以纪念太多的心情与失去，就像我们行走在长长的路上，不断地遇见，也不断地告别。确实，有些成为回忆，有些则被忘却。

烟火可亲

乡亲，乡亲，同饮一井水，共度朴素的岁月，便似乎血脉相连，亲如兄弟姐妹。

我在邻村上初中，只有短短的几个月。每天放学后的黄昏，走在回家的三里土路上，心里便有着说不出的舒畅。先是走过一大片密林的边缘，一条毛毛道穿过农田，再经过那片已渐黄的草地，就到了那条很细很弯的小河旁。河很清浅，几块大石头散落在其中，轻轻巧巧地踩着石头跑到对岸，抬头看，村庄就已在不远处。

家家户户的炊烟升腾成一种召唤，许多倦鸟翅上驮着夕阳，投入身后那片林子，巨大的亲切感扑面而来。过了河，我的脚步就急切起来，沿着土路上牛羊的蹄痕，投进村庄的怀抱。在家门前的矮墙上一跃而过，惊起满院的禽畜。南园里成熟的果蔬清芬流动，草檐下垂挂着红红的斜阳和燕子的呢喃，长长的风跟着我走进房门。

外屋灶台上的大铁锅里冒着香气，灶膛里的火燃得正旺，旁边堆着的柴火，还散发着秋天的气息。只是离开家一白天的时间，回来就有着如此的亲切感，就像在穿越了风雨后，回归一个舒适的怀抱。

然后我看到母亲正在灶台前忙着，这是她日复一日不变的内容，家中田里，一日三餐，缝补洗涮。平日里我不曾留意，只有这种归来的时刻，才会感觉到那份温暖。那时还没有想过，如果有一天我很长久地离开家，再回来的时候，那一种感觉会强烈到什么程度。

后院人家的女孩子，和我差不多大小，可家里的所有活计基本都是她在操持。母亲长年卧病，哥哥在镇里打工，父亲要干田地里的活儿，所以她就用稚嫩的肩，撑起这个家的琐碎。站在院门口，我经常会看到她抱着一捆柴火进屋，过了一会儿，炊烟就升起来。更多的时候，她家里飘出很浓的药味，那是她在给母亲熬中药。学校离得近，有时候她会在课间跑回来，看看母亲。

她却很活泼开朗，从不为家里的境况而担忧，也不为天天干很多活儿而苦恼，而且她那种欢快的笑容，很能感染人。后来，当我离家愈远，故乡的小村便浓缩成了家的感觉，对曾经的每一个人都有着对亲人般的想念。那个时候，想起后院的女孩子，心里依然会涌起感动。村庄里的每一户，都是守着那片土地，一辈一辈过着烟火人生，那些院落相连成一个大家庭，不管悲欢离合，还是喜怒哀乐，都汇集成眷恋，成为无尽乡愁的来处。乡亲，乡亲，同饮一升水，共度朴素的岁月，便似乎血脉相连，亲如兄弟姐妹。

后来我家搬进城里，也是住在平房里，每天放学回来，看到烟囱里冒出的烟，依然会有着激动，而更多的，是思念曾经的村庄里那所低矮的草房。再后来，住进了楼房，便连炊烟也不可见。在没有炊烟牵着脚步回家的日子里，总感觉少了一些期盼。

后来的后来，我便越走越远，离开家越来越久。快过年的时候回家，走进熟悉的街道，看到自家的窗口，虽然没有炊烟，虽然没有干柴火的清香，虽然没有满院的禽畜，可是心儿依然猛烈地跳动。那种感觉，像极了当年从三里外放学回家。空间加深了流连，时间沉淀了思念，所以，即使没有炊烟，我也一样在心里盈满了欣喜，因为，那扇窗里，依然是我所惦念和无数次梦回的烟火日子，依然是亲人的梦与盼在心底漫流成海。

所以，我可能永远都达不到那种不食人间烟火的境界，也无法想象那样心无挂牵的生活，我愿意在尘世的烟火人生里牵肠挂肚，平凡而悠长。

有一次小学同学聚会，都是曾经村庄里的伙伴，提起我家后院的女孩，他们说，她母亲后来还是去世了，她便也没读完高中就辍学，没过几年，就嫁到了北边很远的地方。想起当年她的笑容，我们很是唏嘘地感慨了一番。只是人生的际遇有时很难捉摸，我从没想过会有一天忽然遇见她。

可是真的就遇见了，在我们故乡的村庄，虽然近三十年过去，物是人非。当时我站在村里的路上，看着我家原来的地方。那个让我魂牵梦萦的草房早已没有了，我站在那里，用回忆拼凑着所有的昨日。然后,我就看到她,也站在那里,看着她家曾经的所在,似乎也在记忆里重温那些遥远的岁月。

说起那些往事,她的笑容依然那么欢快清澈,没有被时光的尘埃所篡改,就像岁月深处一朵永开不败的花,给我一种不期然的感动。

她说:"我多想那时候的生活啊,虽然家里艰难,每天我都干很多活,烟熏火燎,可我很高兴,每天都是,因为我妈在,我爸在……"

我的心里也随之流淌着暖暖的河,一所房子,有了爱与牵挂,即使是寻常烟火,也是生命中最美的家。

倦归

每一个人都是如此，从一个倦归的孩子，在时光里奔走成孩子们的归处。

歪脖二叔赶着一群脏兮兮的绵羊从村西口走进来，杂沓的蹄音随着尘埃飞舞。歪脖二叔像一个刚率领千军万马打了一场战争归来的司令，他和他的部队带着慵懒的惬意，踩着一地的夕阳。我跟在这支队伍的后面，脚步缓缓，回头看了一眼，累了一天的太阳也在地平线处摇摇欲坠。

像我这样在外面疯了一天的野孩子有很多，都被家里升腾起来的炊烟牵着脚步回来了。和我一起进院门的，还有两只一直在外觅食的芦花鸡，七只排着队的鸭子。花狗摇头摆尾地凑过来，想借机跟我一起进到房里。外屋的厨房里蒸气弥漫，大姐在大锅前忙活，二姐坐在灶口填柴。饭菜摆上了桌，父母才扛着锄头走进院子，进门前拍打掉身上的尘土，也拍打掉一天的疲惫。

三十多年前的那个院子里，每一个黄昏，都荡漾着同样的温暖，哪怕是在寒冬腊月，也是如此。回家，当脚步踏进家门的那一刻，所有的劳乏便都在欣喜中沉淀成一种值得，一份欣慰。除了人们，院子里的那些精灵，也似乎是眉眼含笑的样子。多年以后，我是怎样地想念曾经年轻的亲人们，也想念优雅的大鹅、大笑的鸭子、调皮的鸡、伶俐的花狗，还有一边拱着房门一边高呼的猪。

我也从没忘过我家的那些燕子，每一个敞窗而眠的夏夜，从檐下那几个温暖的巢里，总会溢出一串串的呢喃梦呓，轻轻地垂落在我的枕畔，在我梦里生长出许多关于春天的情节。那时候一到春天，当封闭了一冬的窗子敞开之时，当东风和阳光满屋溜达，我就开始在天空中寻找它们的身影了。飞过山山水水的燕子们，疲倦中带着兴奋，它们似乎并不怕累，翅上的风尘还未散尽，就开始忙碌着衔泥补巢，或者衔草絮窝。

后来，我多羡慕那些燕子啊，不管隔着多少山水，隔着多少云路与光阴，它们总能回家，它们的疲倦总有归处。可是我呢？当我走出半生，却再也回不去故园。那里已不是我的老家，那个院子里不再有我年轻的亲人，那些禽畜燕子也不再识我，就算我一身客尘地归去，也无法安放沉重的心灵。

其实，我从来不怕苦与累，不怕天遥地远，不怕光阴如电，也不怕年华老去，我只怕迷失了归途与归处。而更无奈的是，从出发的那一刻起，我就知道，再也回不去了。不只是我，所有人都是如此。如果是这样，我们奔走一生的意义在哪里呢？

前几天，女儿们难得放了两天假回来，她们高考在即，忙忙碌碌，劳累得很。她们高兴地进门，惬意地卧在沙发上，仿佛所有的苦累这一刻都飞去无踪。刹那间,我忽然明白了那意义所在。虽然我无法回到故园,虽然我无法再回到父母相伴的岁月,可是,我的孩子们,现在正满心欢喜地回到家,回到我的身边。我们,就是孩子们的归处,在这一段岁月里,接纳他们的种种,安放他们的疲惫。

每一个人都是如此,从一个倦归的孩子,在时光里奔走成孩子们的归处。这,就是最美的无悔,就是最动人的意义。

你是我无法抵达的远方

而更让我们慨叹的,却是在奔走了很久很久后,忽然发现,来处成了抵达不了的远方,来处才是自己真正想去的远方。

一

杯里盛着酒,花朵里盛着阳光,心里盛着回忆。他一声长叹,说:"年轻的时候对家没有多少留恋,一心想去外面闯闯。不管走得多远,都觉得想家了就可以回去。开始的时候还算是经常回去看看爸妈,可后来就回去得越来越少了……"

我猛喝了一口酒,却压不住心底翻涌的感慨。有多少人如他一般,如我一般,起初总觉得回家容易,然后家便成了远方。当累了、倦了,当有一天老了,想回去时,却发现,那里已没有了年轻的父母,父母或垂垂老矣,或已不在人世,竟然永远也回不去曾经的那个家了。

二

回故乡的小城办事,偶遇一个老同学。他毕业后去了南方,这次是回来探亲的。在六月的街上，我们聊了很久。他忽然感叹："自从结婚以后，再回来，就觉得原来的家就少了家的感觉。"

我问为什么，他说："在外地时间越长，回来后，我爸妈对我就越客气，就像我是客人一样。"

这样的感受，太多的人都会有。多希望，能和遥远的当年一样，父母叫着我们的小名，或者抱在怀里安慰，或者训斥甚至打骂，而我们，也能像曾经那般在父母面前毫无顾虑的倔强，能不怕羞地撒娇，哭笑随心。那样的时刻，我们的泪，会洗去多少世事的沧桑与苍凉啊！

三

一个小小的男孩，对每天忙碌的父亲说："爸，等我再长26岁，就和你一样大了，到时候我帮你干活，和你一起喝酒。"

他又对每天叼着烟袋独自抽烟的祖父说："爷爷，等我再长57岁，就和你一样大了，到时候我陪你下棋陪你说话！"

那样说的时候，父亲和祖父都笑，都说会等着他长到和他们一样大。于是男孩就开始盼着成长，可是成长之后，他才悲哀地发现，他竟然永远也追不上父亲和祖父的年龄。

是啊，我们经常说等自己怎样怎样，就会对父母怎样怎样，却不去想，父母停不下时光的脚步，我们追不上光阴，也追不上父母的苍老。一个等，造成了多少人的悔与痛。

四

我们确实追不上父母的苍老。等父亲因病故去后，我才发现，这一生再也追不上父亲了。我不知道是不是存在着另一个世界，当有一天我也离开这个世界，会不会与父亲在那个世界里重逢，只是今生今世，我再也抵达不了父亲的身边。

在一个下着雨的夜里，我梦见了父亲，依然是曾经的样子，在给我讲着什么，可是我一句也没有听清，仿佛隔着无尽的时光，隔着一生一世。醒来后怔然良久，忽然觉得，没有比梦更远的地方了。

五

兜兜转转半生之后，有太多的人便在异乡扎了根，为自己的子女创造了一个故乡，可是，他们的心却一直漂泊无依，归不去的故乡是心里永远的疼痛。

其实，当我们踏出家门奔向梦想中的远方，虽然是那么的义无反顾一往无前，虽然有着思念与眷恋，却从没想过，有一天会再也回不去。就像成长一般，我们在一程一程的光阴中追寻，最后却再也回不到无忧的童年与多思的少年时期，再也找不到年轻的父母和团聚的光阴。

而更让我们慨叹的，却是在奔走了很久很久后，忽然发现，来处成了抵达不了的远方，来处才是自己真正想去的远方。

小径

离别家乡岁月多，近来人事半消磨。故乡的大地上，曾经那些熟悉的小径，已不知有多少湮没在风尘里，可在心里却是越来越清晰。

推开矮矮土墙上的小小柴门，惊飞了栖在墙头短栅上的几只蝴蝶和蜻蜓，进入南菜园，脚下一条窄窄的土路，在夏日的阳光下，满园的果蔬芬芳流淌，拥抱着我。

我沿着那条小路慢慢地走，路过一小片菇娘。那是我们的最爱，喜欢它在嘴里被咬出的清脆响声。左边的架上，细蔓舒展，顶着小小黄花的黄瓜在风里轻轻摇晃，而右边的辣椒和茄子，离泥土更近，很谦逊地沉默着。再往前，便是那些张扬的西红柿，已经红红黄黄，缠绕着风和目光。爬得更高的是豆角，在更外层的地方，陪伴着它们的，是园子边缘的向日葵，青青的，抬着头，迎向如瀑的阳光。

走在这条小路上，一步一种情怀，会遇到蜂儿，遇到蝶儿，遇到许多匆匆或悠然的虫儿。

到了南园的南墙处，再穿过一道更矮小的柴门，就进入了大表哥家的后菜园。那是一片更为广阔的热闹所在，中间依然是一条直直的小径，直通大表哥家的后院门。我几乎每天都去大表哥家玩，所以，我们两家菜园中的小路，已不知重叠了我多少的足迹。虽然短短几十米，却长如整个成长的岁月。

村周围都是庄稼地，田垄纵横，各种作物站立在大地上。田地里有许多毛毛道，就是人们在庄稼间踩出的一条条便道，与田垄的方向相反，或横或斜，宽不盈尺。垄台上踩得极坚硬，走在上面，一步跨越一个垄沟，每一步大小相同，走起来很有节奏感，就像不停地踩在琴键上，踩在心跳上。两旁高高的玉米一片默然，狭长的叶子不时地拂着人衣、人脸，连风都渗透不进来，人就湮没在一片绿色里，湮没在正在灌浆的玉米的清香里。

后来到三里地外的邻村上初中，我们不走两村相连的大路，而是抄近走一条小路。那条小路曲若羊肠，每天早晨，我们便踏上那条小路，穿过一片小树林，走过高冈上的边缘，下了一个陡坡，路过几座荒坟，便到了小河边。小路并没有断，小河的清浅处，几个大石头罗列其中，像一个省略号，连接起前后的情节。过了河，经过一片草地，绕过一片密而大的黑森森的林子，便到了邻村。

那条路过诸多风景的小路，洒落多少朝霞晚照，洒落多少我们的笑声和足音，只有年少的时光知道。

离别家乡岁月多，近来人事半消磨。故乡的大地上，曾经那些熟悉的小径，已不知有多少湮没在风尘里，可在心里却是越来越清晰。现在每天的黄昏，我都会走上河边那条小径，树木掩映,流水怡然,路上只有斜阳和青草覆盖。不管是杂花生树,还是落红满径;不管是风行雨过,还是飘叶飞雪,小径就在那里,承载着我的脚步和心情。

其实,不管我们走出多久、多远,走过多少朝天大道、辉煌前程,在心底,总会有一条细细的路。不管这条路有多曲折,不管穿过多少幽暗,涉过多少河流,都从不断裂,而且只能自己一次次地去走,没有时光的阻隔,走向生命中最美的所眷所恋。

第六辑

走得越远，
离童年越近

我仔细看着当年记下的日记，
许多在岁月中被遗忘的情节和细节，
此刻却是那么清晰如昨。仿佛所有的年少时光，
都被压缩进这些个日记本中，慢慢在岁月里泛黄。
可是多年后的重温，仿佛烟尘散尽，
所有的感动依然如故。

单车斜阳

在河边,我们坐在台阶上,看着夕阳涂抹一河流水,自行车就停在身后,拖着长长的影子。

有时候,特别想念以前的自行车,也想念那些随车轮旋转消逝的时光。当年骑着自行车一路呼啸而过,岁月也在身畔无声无息地急急流淌。仿佛只是刹那间,那个少年,那台自行车,都走进了生命深处。

那时的自行车都很高大,样式也单一朴素,不像现在的自行车极尽小巧轻便,或折叠,或无梁。最常见的当属二八规格的自行车,也就是车轮直径为28英寸[①],对于我们小孩子来说,也算是庞然大物。不过,这并没能阻挡我们学骑自行车的决心。学骑自行车也是很艰难的事,而且,当年农村也并不是家家都有自行车。结婚的四大件里,其中就有自行车,可见其贵重性,特别是当时最有名的"永久牌"和"飞鸽牌"。

我家也没有,不过,那时老叔家的一台旧自行车一直放在我

---

① 约71.12厘米。(编者注)

家里，便成了我和姐姐们争抢的宝贝。学自行车，特别是当年的老自行车，要经历三个步骤，第一便是打站儿。所谓打站儿，就是左脚踩在脚踏上，右脚蹬地向前滑行，练习平衡能力。当能又快又稳地打站儿时，便可以进入掏裆的阶段。由于个子矮，只好先行将一条腿从自行车大梁下穿过去，侧着身子悬空骑。虽然很累，却很兴奋，乐此不疲。然后便是上大梁了，那也是很勉强的事，如果坐在车座上，脚就够不到脚踏，所以只好虚骑在大梁上，用力蹬，却也骑得飞快。

我学自行车那会儿，好容易学会了上大梁，便高兴地在村里来回地骑，后来就发现了一个问题，不知怎么停下来。如果像大人那样将右腿向后高抬，横跨回来落地，那是不可能的事。最后由于极累，只好找了个土堆，一狠心倒了过去。后来，发现许多人曾有过这样的经历，这也是难忘的学车趣事之一。

而在我生命中，最难忘的，则是搬进城里时，骑自行车上学、放学的日子。当时已上中学，每天一早，住得近的同学互相等候着，然后骑着自行车成群结队呼啸而去，夕阳西下时再欢呼而归。每天每天，那条路上，洒下了我们太多的欢声笑语。或者在周末，大家相约骑车去呼兰河畔游玩，一河流水倒映着最美的年华。

读高中的时候，大家虽也骑车上学，却不再成群结伙了，往往是和要好的一起。那时，班上有个女生，离我家近，她没有自行车，每天上学、放学，我都骑车带她。在那个年代，青春的情感是那样的纯净，我们只是最好的朋友。有时，我们也会在夏日的晚自习时间，趁太阳没落山，偷偷溜出来，骑车去河边。车轮碾着一地的斜阳，她坐在自行车后座上，轻哼着一首老歌。在河边，我们坐在台阶上，看着夕阳涂抹一河流水，自行车就停在身后，拖着长长的影子。

许多年以后，依然记得那个场景，自行车依然停在心底最温暖处，一如斜阳之美。也许，这一切，除了我，还有那个不知失落于何年何地的自行车记得。自行车无言，却见证了太多的美好。

我一共拥有过三辆自行车，丢失过一辆，另两辆也不知什么时候渐渐弃之不用，渐渐地忘了所在，渐渐地消于无形，再渐渐地重回梦里。是的，那些自行车，记得我所有的成长，记得我成长岁月中的所有悲欢。

我会一直想念它们。

枕头是梦的摇篮

或者搬块石头，或者枯草攒成一堆，就当成枕头。耳畔满是鸟鸣虫唱，周围氤氲着草气花香，倏然而眠，梦里也是天蓝草碧，童话般的世界。

在乡下时，枕头是很普通的那种，都是自家缝制。枕头的里面填充的，也只是乡下常用之物，比如谷壳，比如一种野生植物的叶子。那时候的枕头，枕起来很舒服，也可能是心情使然，即使现在的枕头再柔软舒适，也不会有曾经的梦境。

那时每一家的孩子都多，晚上都睡在一铺大火炕上，每天入睡前，便会有一场枕头大战。一时之间枕头乱飞，我们的笑声也乱飞，直到累了，直到父母呵斥，才躺下来，枕着那一枕欢乐，进入更无忧的梦里。记得有一次在叔叔家里，我们几个孩子玩儿枕头，把枕头顶在一根手指上，让它不停地转动。正玩得高兴，不知是谁把枕头钻破了，"噗"的一声，枕头里的东西立刻如雨一样纷飞洒落。我们大笑，浑然不顾大人的训斥。

有时候，那些自然的枕头更让我们留恋。依然是少年时，我们奔跑在无边无际的大草甸上，与鱼虫嬉戏，与鸟儿追逐，累了倦了，便躺在草地上。或者搬块石头，或者枯草攒成一堆，就当成枕头。耳畔满是鸟鸣虫唱，周围氤氲着草气花香，倏然而眠，梦里也是天蓝草碧，童话般的世界。虽然没有以地为枕的境界，却也感受到了亲近自然的惬意。有时候，我们干脆以彼此为枕，团团躺在一处，每个人的大腿都被一个脑袋枕着，漫无边际地幻想，天马行空地说话，那是一种极度的轻松和陶然。

在外地上大学时，极喜欢读书，宿舍的床上，书籍杂然，书半床人半床。那时有个笔友，她也酷爱读书，我们经常书信往来交换读书心得。她曾在信中说，经常以书为枕，周围全是墨香盈然。读了这么久的书，我还真没有枕书而眠过。都说"三更有梦书作枕"，那是怎样的一种梦？或许，每个人把常伴之物作为枕头，都会有着关于希望和理想的梦境。古代士兵枕戈待旦，以兵器为枕，梦里应该不是厮杀，而是宁静与和平。

有个大学女同学告诉我们，她的枕头还是母亲亲手缝制的，而且，枕头里面，有她悄悄放进去的母亲的一缕头发。她母亲在她高中时去世，她枕着这样的枕头，经常会在梦里重温母亲的种种，仿佛母亲拥她入睡，她就会睡得安稳而甜蜜。

后来便辗转着离故乡越来越遥远，亲人们也都远离那片土地。有一年去一个乡村，夜宿农家，依然是记忆中的那种枕头，散发着一种干草的气息。我知道，那是用秋天的一种叫"洋铁叶"的植物叶子填充的。叶片枯黄以后，采下，搓碎，用来填枕头，不生虫子，气味宜人，有助睡眠。儿时家里多是这样的枕头，如今枕来，不知会不会重复二十多年前的美梦？竟是睡不着，一转动翻身，枕头里都会发出轻微的沙沙声，仿佛童年的风吹过野甸，吹出满眼的泪。

也许，一个人心里最深最柔软处的东西，就像头下的枕头，只有我们最轻松、最接近睡梦时，才能体会其中的温暖与感动。

照片里的流年

每一张照片，都承载着太多的厚重，一如岁月在心，一种沉默的寂寞。

  每个人的心里，都会有一种在岁月中留下痕迹的渴望吧，于是，每个人，都对照片有着一种特别的情感。快门按动的瞬间，定格的，不只是一个刹那的微笑，更是年华里的一声足音。只是，当长长的岁月渐行渐远，当泛黄的照片罗列眼前，却是一种带着伤感的回望，透着幸福的沧桑。

  曾经在老家的木箱里，翻出一沓古老的照片，积满了尘埃。那些黑白的画面，一如那段模糊的岁月。照片中的男女那么年轻，透着一种时光掩不住的激情。那是我的祖父、祖母，从记事起，他们就已垂垂老矣，何曾知道，他们也有过如此青春的容颜。是啊，看着自己儿时的留影，也是有着太多的慨叹，那样的时刻，如隔河遥望，那一片不可碰触的年华，圣洁遥远。

  很久很久以前，别说在祖父年轻时，就是在我自己的童年，照相也不是一件容易的事，况且是在农村，只在某些特别的时刻，才会请人来照相。那时，照相是一件新奇的事，也是一件大事，所以，在镜头前，紧张而兴奋。而正是那些生涩而僵硬的形象，最是让人怀念，甚至可以清晰地记起当时的种种细节，包括那一瞬间的心境。

那时的照片，时间跨度很大，相隔最近的两张，也要半年以上，而长的，可以是几年。那些没有照片留下的年月，即便有难忘的时刻，也是不甚明了，如河流中没有浪花的一段。每一张照片，在回忆里，都固守在某一点，细细地凝望，那一点上，便会辐射出太多的情节。于是，其前后的日子便会逐一亮起，就这样串联起所有的过往，如网纠结，而照片，就是那些相交集的结点。

而如今，相机早已不知更新了多少代，各种各样的数码相机早已走进千家万户。如果愿意，从孩子出生的那一刻起，每一天，都可以留下太多的刹那。漫长的成长，匆匆的岁月，可以被分解成无数凝固的瞬间。不必担心被时光浸染，如今的照片，以另一种方式存在于电脑之中，再无泛黄之忧。只是，再清晰再持久的照片，也无法擦亮蒙尘的昨日。

万分怀念曾经的底片，那时常常拿着那些暗而薄的胶片，对着阳光细看，分辨着上面朦胧的影像。那时不会想到，终有一天，所有的一切，都会变得朦胧，欲辨无方。

人们都说，当一个人愿意经常翻起相册时，心境就已经老了。前路无多，便有了回望的空间和时间。每一张照片，都承载着太多的厚重，一如岁月在心，一种沉默的寂寞。

一个人的一生，也许可以用几张特定的照片来概括。满月照、百天照、周岁照、学生照、身份证照、结婚照，一直到最后的遗像。尘埃落尽，枝枝蔓蔓折尽，生命竟也可以如此简单明了。

是的，那些照片，真的是承载了太多的岁月流年，也承载着我们太多的沧桑变迁。情之所系，非只是那一纸方寸，更多的，是寸心间的所思所感，所以，岁月才会如此多感，又是如此多情。

看银幕反面的年代

放露天电影都是很晴好的天气,所以满天的繁星也看着这个小小村庄里的喧闹,和人们手上烟袋上的光亮相映,一时不分天上人间。

　　小时候最高兴的事莫过于村里放电影了。当村头的大喇叭一播出放电影的通知,我们立刻兴奋得一蹦老高,急切地盼着天快黑下来。那种露天的电影是我童年里最难忘的事了。吃过晚饭,我们便早早地跑去村里小学的操场上或者大队的院里,那里已聚集了不少像我这般大的孩子。我们好奇地看着人们把一块银幕挂在两根木杆之间,木杆上绑着一个大喇叭。我们乐此不疲地围前围后地跑着,有时还到放映的屋里偷偷地看那些放映设备。

　　天快黑下来的时候,乡亲们陆陆续续三五成群地来了,拎着小板凳,叼着烟卷,找好位置坐在那儿开始闲聊。那时多是在夏天,蚊子极多,于是女人们都折了大片的向日葵叶子当扇子扇蚊子,男人们则拼命地抽烟。人越来越多,银幕前已密密麻麻地坐满了人,外围是站着的人,后来的人们还在向里面挤,想找一个稍好些的地方。最外面是我们这群孩子,不知疲倦地一圈圈地跑着喊着。此时人声鼎沸,女人们长一声短一声地喊着自家的小

二、小三的，男人们更是甩开膀子吹牛。大姑娘、小伙子们在人群中四处寻望着，看中意的人是否也在看自己。整个场地一片乱哄哄的热闹。

放露天电影都是很晴好的天气，所以满天的繁星也看着这个小小村庄里的喧闹，和人们手上烟袋上的光亮相映，一时不分天上人间。人们在兴奋中期待着，我们有时会凑到放映的窗口前，打听将是什么样的片子。其实，那个时候的我们，并不在意会演什么电影，而是喜欢那种氛围，仿佛节日般的快乐，大大的场地成了我们幸福的海洋。

忽然，银幕旁的大喇叭发出几声刺耳的尖叫，电影快开始了，人们立刻静了下来，齐齐地望向银幕。银幕"唰"地就亮了，只是什么图案也没有，就一块四方形的亮面在左右移动寻找最佳位置。这时有人便伸出手在光束里挥舞着，银幕上便出现一只又黑又大的手影。然后电影开始了，多是一些老片子，可人们依然看得津津有味。这时我们小孩子开始向人堆里挤，有时找不到好位置，我们便跑到银幕后面去看。上面的人和字全是反的，也挺有意思。坐在那儿仰脖看着，累了的时候低下头歇一会儿，便能看见银幕前坐着的那些人仰着的脸，时而紧张时而傻笑，倍觉有趣。

常常是看着看着便觉没趣，于是便开始在人群里乱窜，大声喊着捉迷藏，或者突然捅哪个人后背或屁股一下撒腿就跑，常招来大人们的呵骂。有时远离人群去学校那边的墙根儿或小树林，便能发现另一番天地，许多大姑娘、小伙子在那里或喁喁低语或紧紧拥抱。于是我们讨嫌地冲到他们面前，再尖叫着跑开。现在想来，年轻人那时更喜欢电影外的内容。

有时正在疯跑着，忽然听见人群爆发出一阵哄笑，于是急急地跑回银幕后，可看来看去，好笑的镜头却再也没有出现。一般一晚上只放映两个片子，快结束的时候，人们便开始纷纷撤退，打着呵欠四处喊着自家的小孩。往往回去后我们便和大人争论电影里的事，比如说大人们说董存瑞是用右手举的炸药包，我们便说明明是左手。争来争去忽然想起自己是在银幕后面看的，左右是颠倒的。常常是刚看过电影没几天，便又开始念叨着什么时候再来放电影了。

印象最深刻的一次电影，是火遍全国的《少林寺》。之前我们也只是听说过这部片子，却从没有看过。当李连杰扮演的觉远真实地出现在我们眼前的银幕上，我们的心快要兴奋得跳出来。那几乎是我们第一次看武打片，之后村里的孩子们立刻兴起了练武的热潮，一招一式像模像样，这在我们那一代人心里，刻下了最深的印痕。

那时是那样盼着来放电影，却不曾认认真真地看过全部的片子，只是喜欢那种场合那种气氛，以及坐在银幕后面的感觉。现在想来，许许多多的电影已经记不清内容了，而在银幕后面看到的那些镜头，却在记忆中清晰如昨。如今的露天电影越来越少了，不知在遥远的故乡小村里，还有没有这样的电影，银幕上和银幕下的那些故事是否还是那样难忘？于是常在闲暇时，让心回到那个安详而火热的年代。

燕子归来寻旧垒

仿佛那每一粒泥里，都蕴进了河流长风，蕴进了阳光月色，蕴进了草气花香，便觉得那些巢是绽放在那里。

    从不具体知道它们哪一天回来，总是在某个不经意的瞬间，它们的翅上便载着暖暖的阳光在檐前飞舞。于是方知春天已来了好久，没有燕子的春天，总会觉得缺少了很重要的东西，很难让人想到温暖。

    于是檐下那么多的巢便热闹起来，燕子们来来往往，将闲置了一冬的家重新布置。也有新来的燕子在檐下挑些空隙，开始建立新家。我曾追逐着它们的身影，一直到村西的小河边，它们就在那里将泥一口口衔来，筑成温暖的小屋。燕巢的形状各异，当排列在房檐下时，会有一种很奇异的美感。仿佛那每一粒泥里，都蕴进了河流长风，蕴进了阳光月色，蕴进了草气花香，便觉得那些巢是绽放在那里。

    想起冬天的时候，那些巢就空置在那里，就像寂寂空庭一般，只有寒风流涌。不过，也有的巢不是空的，有一些麻雀会乘虚而入。麻雀从不垒巢，夏天时它们随处栖息，寒冷的时候，便钻进房子的一些缝隙里。进燕子窝里的，只是极少的。那个冬天，有一只麻雀安然地住进了一个燕子窝，俨然当成了自己的家。谁知它竟住出了瘾，春天的时候，也不飞离。

当两只燕子风尘仆仆地归来，却见家园被侵，便在巢口盘旋。那麻雀却高卧其中，根本没有出来的意思。我在檐下站着观望，想看燕子怎样夺回自己的家。两只燕子飞了几圈后，落在巢旁，有一只试图钻进去。不过，这个巢口细长，属"一鸟当关万鸟莫开"的地势，麻雀就伏在巢口过道里，见燕子进来便猛啄。试了几次，燕子都没能突破。

两只燕子叽喳了一小会儿，其中一只远远地飞走了，另一只仍守在巢口。这期间，麻雀似乎想出来，只是刚到巢口，就被那只燕子啄回去。此时，另一只燕子飞回来了，它的口里衔着泥，安放在巢口上，然后又飞走，再衔泥回来。我惊讶地看着这一幕，直到巢口被封死，两只燕子仍守在那里，等到泥变干变硬。那只麻雀，被活活地封闭在了巢里。两只燕子，则在檐下又寻到一处，开始重新筑巢。

喜欢在夏日的午后，睡在土炕上，半睡半醒中听到檐下的燕子呢喃，恍如隔世一般，或者暖暖的夜里，敞开着窗子，长风带着满园果蔬的气息奔涌而入。偶尔会听到扇动翅膀的声音，燕子倏去倏回，朦胧的身影灵动着沉沉的夜色。

儿时虽然拿着弹弓打鸟，可是我们从不去打燕子，并不是因为知道燕子是益鸟，也不是相信老人们告诫说打燕子会瞎眼睛，只是觉得它们和我们同住在一个屋檐下，就像一家人一样，也从没有想过去打它们。

东北冷得早，秋天渐深的时候，燕子们便开始陆续飞走。之前，它们会站在电线上，一大排，热闹地叫着，就像在开会讨论的样子。有时难以想象，燕子们小小的翅膀，怎样飞越那数不尽的山水阻隔。在那遥远的地方，是不是也有一个它们眷恋着的家？那么，它们的离开，也是归去，每一年，它们都在回家。

也曾仔细地观察檐下的每一只燕子，想记住它们的样子，看明年的春天，还是不是那些如旧的身影。只是，它们都是那么的相似，每一年都似曾相识，却又辨不分明。于是想出一个办法，我和姐姐们捉了一只在巢里憩息的燕子，在它的腿上系了一根小小的红布条。这样，明年，如果再看到它，会是一种怎样的惊喜？

可是第二年，没有见到腿上系着红布条的那一只。我们却依然相信，燕子们是能回到自己的家的。因为，那只燕子的巢一直空着，它的伴侣没有回来，它们的孩子也没有。心里便有了难过，也许是我们的举动，让那只燕子，让那一家，没有再回来。

后来，在一本书里看到，燕子的羽毛上有一层极薄的膜，可以阻挡水汽浸入，所以它们在飞越大江大河时，才不会因为水汽升腾而使羽翅变湿变沉，而人手心里的汗水，却能轻易地将这层薄薄的膜腐蚀掉。读及此处，且不论是不是科学道理，心里却疼痛得难以复加。也许，那只系着红布条的燕子，已经葬身于江河之中。我们亲手断送了它回家的心愿，两处家园皆不可望，客死途中，此恨何如。

有一次，一只刚刚学飞的幼燕跌落在院子里。我们没有再敢用手直接去碰它，而是戴着厚手套将它捧起。它的一条腿断了，姐姐们去园子里摘了黄瓜，把黄瓜籽儿拿出来喂它。它在一个纸盒里生活了一天，便被我们送回檐下的巢里。它的父亲母亲已经急了许久。虽然我们也动了给幼燕腿上绑个布条的想法，却终是没有去做。

记不清过了多少时日，幼燕又开始飞翔，我看它从巢口飞出，在空中轻巧地一个转折，不知捕到了什么小小的飞虫，然后向远天飞去，翅尖上挂着流淌的风。那许多日子，我都注意着这只小小的燕子，因为明年，便不会再看见它。幼燕长大后，会自己出去另觅住处，谁也不知道它们会离自己童年的家多远。檐下巢空，多是幼燕长大离开，而老燕子死去的结果。

后来远离故土，常常想起老宅檐下的那些燕子。当看到宋词中有"燕子归来寻旧垒，风华尽处是离人"之句，不禁心下凄然。燕子尚知一岁一归，而我离乡二十多年，回故乡的次数却是寥寥，于是见燕而神飞。陆游有诗云"家如梁上燕，岁岁旋作巢"，现在想来，当年在乡下那个草房中的朝风夕月，却是心底永远眷恋的巢。身如巢燕年年客啊，只是不知当我归去时，那檐下可还有旧时的身影，点亮我眼中的喜悦与流连。

写在塑料皮日记里的青春

这些塑料皮日记本，记载着我全部的青春，还有青春岁月中曾经直入心灵的种种。

前一阵子回老家，在床下的一个纸箱里，发现好多的日记本，都是我曾经使用过的。是那种很古老的塑料皮日记本，可在当时，却是很精美的本子，几乎每个人都会有几本，记下自己喜欢的一些东西。

我清楚地记得，当初买这样的日记本回来时的感受。它就像一个沉默的挚友，知道我所有的心事。日记本基本都是塑料皮的，封面上印着各种图案，有风景，有人物，里面每隔多少页便会有一张彩色插图，也是人物、山水一类，都很朴素的画面，却都有动人之处。如今看来，虽然远没有现在的各种日记本精美，可它们却有着一种直入心灵的魅力。

翻看着当年的那些日记本，心却飞向那一片遥远的时空。除了日复一日年复一年的日记，还有许多读书笔记、诗词笔记什么的。凝视那些文字，真有些怀疑是不是自己亲手写下的。原来，自己也曾有过那样澄澈的时光与心事，也曾有过那样稚嫩的坚持与梦想，也曾有过不为人知的努力与挣扎。那许多逝去的美好心境，就像这些塑料皮日记本一样，在岁月里悄然蒙尘。

那时候上中学，几乎每个同学的书包里都会有一个日记本，那是严禁给别人看的，那里有着我们自己的秘密。即使在家里，日记本也是深藏。我记得有一次，我们发现班上一个女生总是在上课时拿出她的日记本，偷偷地看偷偷地笑。这让我们很好奇，终于在一个中午，我们偷看了她的日记，写的都是她似乎暗恋着某个男生，种种心绪融于其中。我依然记得那个日记本，也是塑料皮的，很小，还没有手掌大，封面上是林黛玉。看到中途，被那女生发现。女生没有吵闹，只是拿回日记本，默默地流泪。

当青春的隐秘暴露于别人眼中，那是一种很长久的伤痛。那以后我们有了经验，在写一些极怕别人看到的事或心情时，都有自己的写法。比如创造出一种只有自己可以看得懂的符号或者代码什么的，就像过去的那些情报。我在一个日记本中，发现了大段大段的特殊字迹，可是时隔这么多年，我竟然不记得当初写下的是什么。想来，也必是那时的心中，难以明言的种种。

我仔细看着当年记下的日记，许多在岁月中被遗忘的情节和细节，此刻却是那么清晰如昨，仿佛所有的年少时光，都被压缩进这些日记本中，慢慢在岁月里泛黄。可是多年后的重温，仿佛烟尘散尽，所有的感动依然如故。沉甸甸的日记本，就像我度过的沉甸甸的岁月。

再看那些读书笔记，字迹分明，工工整整，或体悟，或摘抄，还有些看书时的疑问，刹那间，仿佛那些读过的书都在心里一一重现。多年以后，却再也没有了当年读书的仔细与心境，就像是心永远也静不下来。还有一个大些的日记本，里面竟是摹的《红楼梦》中的插画，另一本中，却是《红楼梦》中所有的诗词楹联。一时悠然神飞，感慨万千。

轻轻抚去塑料皮上的尘埃，一如抚去心上的荒芜，那个晚上，在灯下，我坐在一堆日记本旁，任思绪飞扬。这些塑料皮日记本，记载着我全部的青春，还有青春岁月中曾经直入心灵的种种。

我知道，有许多人会保存着当年的日记本，更多的人都曾拥有过那样的日记本，珍藏着自己的青春岁月、美好时光。那些古老的日记本，永远如蝶如鸽，翩然飞舞于明净的天地间，承载着我们从不曾染尘的心灵。

黑白间的无穷色彩

电视机上的天线长长地伸着,不停地转换着方向,以使画面更清晰。有时就算画面上全是雪花,我们也看得津津有味。

那个时候,如果说村里谁家最招人,谁家最热闹,那就一定是有电视机的人家了。虽然只是黑白电视机,却是我们眼中最具色彩的世界。我们村子算是较大的村,可是也没有几家有电视机的,不过没关系,一到晚上,大家便都涌向有电视的人家,一时热闹非凡。

老舅家里有一台黑白电视机,他家是全村第一家买的,日本三洋牌的,12英寸[①],画面清晰。那时一点儿也没觉得有多小,只是喜欢看。老舅家就在我家后院,每天吃过饭,我们就跑去,几乎整天长在那里。就连演广告都看得很入神,那个年代的一些广告,许多人现在依然记得,什么"燕舞,燕舞,一曲歌来一片情",什么"每当我看到天边的绿洲,就想起……"诸如此类,现在想起,仍是觉得亲切。

---

① 12英寸约30.48厘米。(编者注)

能收到的电视台很少，在我记忆中，只能收三个台，一个中央台，一个省台，一个市台。电视机上的天线长长地伸着，不停地转换着方向，以使画面更清晰。有时就算画面上全是雪花，我们也看得津津有味。后来老舅买了个室外天线，是那个年代最普通的样式，交叉着的两根铝片，组成一个"X"形，用木杆高高地竖在院子里。后来觉得效果不是特别好，就又在上面安了两个铝盖帘。天线杆是可以转动的，常常是外面的人在来回转动天线杆找方向，屋里的人看着画面，如果清晰了就喊停。

现在觉得，当年有好多好看的电视剧，看得我们如醉如痴，欲罢不能。什么《霍元甲》《陈真》，就是现在听到那古老的主题歌，都会悠然神飞。还有《西游记》，深受我们小孩子喜欢，以前小人书上的美猴王活灵活现地走进心里。姐姐们喜欢看《红楼梦》，我们男孩子却是不感兴趣。后来当我长大，喜欢上《红楼梦》时，就会回想起八七版的电视剧。当有了网络后，我找来，看了好几遍，不只是电视剧本身，更有着我对那个年代的怀念，所以后来看过好几个版本的电视剧《红楼梦》，依然觉得八七版最经典。

而最让那一代人念念不忘，最让当时的我们痴迷的电视剧，就是《射雕英雄传》了，八三版。我觉得，在电视史上，在我所知的范围内，再也不会有那样的盛况了。我清楚地记得，开始的时候，是省台每周播放一集，周六的晚上，是我们盼望的时刻。我们会早早地去老舅家占最好的地方，然后人们就陆续地来了，甚至挤到了外屋，也有人在外面趴在窗户上看。熟悉的主题歌响起，那么多人全都安静下来，大家都被电视上的情节吸引了。可以说，无论大人还是小孩，对《射雕英雄传》的喜爱是完全相同的。若是赶上那一天晚上停电，则是弥补不回来的遗憾。那个时候，经常停电，也最怕停电。

那个时候，总希望家里也买一台电视机，可是终究没有买成，妈妈喜欢清静，不喜欢每一天都一屋子人。及至后来，有电视机的人家便多了起来，便少了许多满满一屋子人一起观看的乐趣。再后来，有人家买了彩色电视机，我们也曾一拥而上去看新鲜，却也没有了最初的那种感觉。

黑白电视机，是那个年代的人们心里永远色彩缤纷的一个窗口，是终生难忘的一段繁华。如今，面对挂在墙上的巨大的智能电视，虽然有着太多的频道可以选择，虽然各种节目层出不穷，却再也不会有当年的心境和感动。

是的，在我们的心里，它从未走远，它一直都在，就像曾经的岁月，回望，永远是最美。

如月圆，如桂香

那遥远的胭粉，那圆圆的盒子，在我心里一如朗月照彻，月中桂香飘洒，穿过重重的岁月，依然给我带来一片明净，一段芬芳。

有时候，在无人的夜里，看着天上的圆月，总会想起许多年前的事，那个像月亮一样圆圆的小盒子，曾经芬芳了无数的岁月。也许，只有那些从八十年代走过来的人才会记得，才会认识，那种叫秋月牌的胭粉。

在我的记忆中，胭粉是那时最常用到的化妆品，在家里大镜子下面的木柜上，就总会摆着好几盒，那是姐姐们的喜欢之物。我对胭粉的印象极为深刻，特别是那个圆形的盒子，盒盖上是红红的主体颜色，美丽的嫦娥怀抱玉兔，后面是广寒宫。这个圆圆的盒盖就像月亮。秋月牌，是那时最常见的。我觉得这个名字起得很贴切，也很让人遐想。那时曾照着这个图案在本子上画，或者有时候需要画圆时，就盒盖扣在纸上，用铅笔转圈一画就行了。

每天的早晨，姐姐们梳洗过后，就会在大镜子前，打开胭粉盒，里面是细细的香粉，用那个小小的圆垫轻轻触一下，再均匀地抹在脸上，芳香四溢。当姐姐们的脸上都变得更白，才告别了大大的镜子，开始一天的事。胭粉盒便安静下来，在柜盖上，与自己的镜中身影沉默相对。只有室内还弥漫着的香气，证明着它们曾出现过。

而那些用空了的胭粉盒，有的，我们用剪刀把上面的嫦娥像剪下来，不过更多的空盒依然摆在柜盖上。打开来，里面装着各种女孩子的东西，有的里面是系头发的皮套，有的是彩色头绳，还有的装着卡头发的小卡子。偶尔我也会抢一两个过来，装些自己的小东西，比如玻璃球什么的，就算过了许久，打开盒子，依然有着浓浓的香味，一如许多年以后，当我步入中年，打开记忆，依然芬芳氤氲。

那时总去邻家，邻家的几个孩子和我们都差不多大，家里很穷，可是我们却愿意去他们家里玩。邻家有个姐姐，虽然家里条件不好，可是女孩子爱美，总会省下钱买胭粉。有一次我们这些孩子在邻家玩儿，她姐姐去上学了，我们玩儿得开心，最后竟然把柜盖上仅有的一盒胭粉给打开了，当成烟幕弹玩，弄得满屋的粉尘夹杂着香气。过后，大家有些发慌，还是邻家姐姐的弟弟想了个办法，弄了些面粉装进去，反正里面还有香味，糊弄过去就算胜利。

后来好几天我们没敢去邻家。有一次邻家的弟弟和我们在一起玩儿，问起胭粉的事儿，他告诉我们，他姐姐回来就发现了，虽然很难过，可是没有太生气。听到这话，我们才放下心来，继续去他家玩儿。我发现，那个胭粉盒依然在，不过却变成了另一个样子。那个空胭粉盒用一条彩线吊挂在大镜子的上端，下面也用彩线做了流苏穗子。风从窗子吹进来，它便轻轻摇动，那个抱着玉兔的嫦娥竟也动起来，就像要从上面飞下。仔细一看，原来嫦娥图案已经被按轮廓剪下，只连着极小的一部分，所以就显得灵动，而且随着清风的涌入，屋里香气弥漫。

邻家弟弟说，那是他姐姐做的。从那以后，我发现，邻家姐姐再也没有买过胭粉。可是，那个吊在镜子上的胭粉盒，却一直在记忆里轻轻摇曳，散发着淡淡的清香。

前些日子在网上的一个贴吧里，看到有人发帖求购那种很古老的秋月牌胭粉，下面有人跟帖发了照片。那一瞬间，所有的记忆都闪亮起来。那遥远的胭粉，那圆圆的盒子，在我心里一如朗月照彻，月中桂香飘洒，穿过重重的岁月，依然给我带来一片明净，一段芬芳。

炕席托起的童年美梦

有时候，就是一些要好的人，围坐在炕上，叼着烟袋，聊着闲天儿。屁股下的炕席滚热，北风挟着雪花扑落在窗玻璃上，一种很惬意的对比。

东北农村家家有火炕，而炕上铺的，就是炕席。炕席泛着金黄的色泽，平平整整，看着就给人一种温暖的感觉。白天的时候，都用笤帚扫得干干净净，阳光透窗而入，一种很温馨的氛围便弥漫开来。

不知多少代人，夜夜睡在炕席上，不知多少小孩，开始的时候在炕席上爬来爬去，更不知多少老人，在炕席上笑着辞世。炕席记录着世世代代的悲欢，就像一页纸，写满了屋檐下的故事。当时只道是寻常之物，从不曾想到有一天它会消失于岁月中，不曾想到有一天会成为我心底永远的眷恋。

崭新的炕席色泽鲜活，仿佛映得整个屋子都亮堂起来。当它铺得久了，由于时间的缘故，再加上火炕的温度，颜色会慢慢变暗。炕头的部分，甚至会发黑，就像一张年轻的容颜，在时光的流逝中渐渐光彩不再。夏天的午后，我们就光着膀子躺在炕上睡觉，当一觉醒来，就互相指着对方背上被炕席印上的条纹，开怀而笑。而如今才发现，炕席已在我心上印下了永不消散的纹路，顺着它，就可以让心回到曾经的家。

我曾经看过一次炕席的诞生过程。在我们那里，炕席多是用高粱秆儿的外皮编成。前面的准备就是一个相当烦琐的过程，将弄得光溜溜的高粱秆儿用刀破成均匀的几瓣，我们那里叫破篾子，然后用石磙子反复碾压，再刮瓤，最后还要用水浸。当这些工序完成后，才是真正编席子的活儿。编炕席技术含量也很高，起头和收边儿最难，中间又不能弄断，编成"人"字形花纹。当一张炕席编好后，就要开始了它的烟火历程。

炕席是一铺炕的衣服，看一户人家的炕席，就能看出这家人的精神状态。干净整洁的，凌乱不堪的，都表明着一种对生活的态度。冬天的时候，正是农闲时节，大家便开始躲在家里"猫冬"，火炕上热乎，于是便坐满了人。女孩们在炕上玩"嘎啦哈"，男孩们有时会打扑克、下棋，大人们则坐在那儿玩一种类似麻将的纸牌。有时候，就是一些要好的人，围坐在炕上，叼着烟袋，聊着闲天儿。屁股下的炕席滚热，北风挟着雪花扑落在窗玻璃上，一种很惬意的对比。

有一个场景一直在我心底，那就是全家人坐在炕席上搓玉米。金黄的玉米棒子散落在炕上，先用特制的工具在玉米棒子上划出几道沟，然后我们就用玉米瓤去搓。金黄的玉米粒从我们手间蹦落到炕席上，慢慢地堆积成一片欢乐的海洋。

到秋天的时候，一般都要扒炕，把火炕的炕面拆掉，清理里面炕洞里积存的灰尘，再重新砌上，以便冬天时炕更好烧更热。扒炕的时候，炕席便被卷起，立放在院子里的阳光下。趁大人们不注意，我们小孩子便把炕席卷打开，铺在院子里玩儿，或者把某个孩子卷进去立在那儿。那时浑然不想把炕席弄脏弄坏的事，只顾着我们自己的快乐。

炕席用得久了，也会破裂，或者韧性下降，某根断裂后支起小小的细刺。于是常有小孩子在炕上玩儿时被扎到，不过也不会在意，我们小的时候皮肤被割破、划破是极常见也极正常的事，不会像现在的孩子和家长般大惊小怪。当破旧不堪的炕席结束它的使命之后，却不一定是真正的毫无用处了。除了会用它来盖院子里的一些东西，有时完整的部分还会被剪下来，做成别的小垫子一类。直到最后，它的痕迹彻底消失。

后来，地板革取代了炕席。到了现在，我不知道在农村还有没有那种古老的炕席，可我却一直怀念睡在它上面的感觉。它会轻拥着我，给我许多的美梦。没有了炕席，就再也没有了儿时那种安稳的梦境了。

玻璃球是童年的眸

在世事的风尘里奔走，故乡千里，想起曾经收藏的那些美丽的花瓣玻璃球，它们已不知失落于何时何地，却一直在我心里璀璨。

那几乎是贯穿我整个童年的玩具，即使多年以后，岁月如烟飘散，它们依然散落在记忆深处，如天上的繁星，闪烁着幽幽的眷恋。

玻璃球，我们称之为琉琉，是那个年代孩子口袋里常备之物。几个孩子一遇见，便都半伏在地上，于是，那些玻璃球便开始滚动，在我们欣喜的目光中，映着天光云影。那时有好多种玩儿法，现在只依稀记得两种。一种是带坑儿的，就是在地上挖一极小的坑，大家轮流弹，只有先把球弹进坑里一次，才可以去弹撞别人的玻璃球，弹上别人的玻璃球，就是赢了。另一种是在地上画一个方框，大家各拿出一个或几个玻璃球放进框内，然后在远处画一条线，大家依次从线上开始弹，最终目的是把框里的玻璃球撞出来，撞得多就赢得多。

一开始就是赢玻璃球的，可后来，大家都发现很舍不得自己喜爱的玻璃球进入别人的口袋，便拿另一种东西当输赢的彩头，就是那个年代的大瓶汽水或者酒瓶铁盖里的那层小小的圆形胶垫儿，我们叫胶皮儿。我们于是疯狂搜集胶皮儿，用线穿成串，用来输赢。

那时的玻璃球也有好多种。开始时就是普通的透明的，较大，有无色的，有绿色的，就是玻璃的天然颜色。后来就出现了许多花样，最多的就是那种较小的，里面像是各种颜色花瓣的，滚动起来十分好看。我当时收集了许多，各种颜色的都有，那些玻璃球一点碰痕都没有，崭新，一直收藏着。

我还收藏了一个玻璃球，却不是新的，相反它身上坑坑洼洼，一看就是身经百战。我之所以一直留着它，是因为每次用它和别人玩儿，都是大胜，把它一握在手上，就出奇的准，所以即使它伤痕累累，我也不舍得丢弃。

还有一个我最最喜欢的，那个玻璃球是乳白色的，表面上有着彩色图案。这绝对是极少见的，羡慕得别的孩子总跟在我后面，求我给他们看看。当然这样的宝贝我是肯定不拿出来和别人玩儿的，别说被别人赢去，就算磕碰坏一点儿，也是不忍。可是，我终究把它送给了一个人。那是村里极穷人家的孩子，他一个玻璃球也没有，总是眼巴巴地站在一边看我们玩儿。有时谁的玻璃球实在破损得不能玩儿了，被扔了，他就捡回去，像得到宝贝一样。

不知当初是什么心情，我看着那孩子的目光，就一狠心把那个玻璃球给了他。他愣在那里，看着手里的玻璃球，然后就哭了。

成长一点点地逼近，便也一点点地远离了土地，很少再伏在地上，不顾脏，追逐着那些美丽的玻璃球。渐渐地，只能看着那些更小的孩子成长起来，满地弹玻璃球，心中便无由的失落。就这样一年一年，玻璃球渐渐地消散。再小的孩子，也不再玩它们，它们美丽的身影，随时光一起遥远。

在世事的风尘里奔走，故乡千里，想起曾经收藏的那些美丽的花瓣玻璃球，它们已不知失落于何时何地，却一直在我心里璀璨。许多年以后，在网上，一个人给我发来一张图片，那是一个乳白色的玻璃球，表面上有彩色花纹。那一瞬间，我竟是激动得难以自持。没有想到，那么多年过去，我能再次看到它。而当年那个眼巴巴看着我们的孩子，也已经渐入中年，他却一直保留着那个玻璃球，一如我保留着所有清澈的记忆。

玻璃球虽已远去，可它们依然在生命深处闪着光，映着童年岁月的美好，如幽深而多情的眼眸，温暖着我的沧桑。所以，它们从不曾离开，就在我心里，一直一直。

弹弓射飞的时光

黑暗之中泥弹满天飞,很危险,总有孩子被打伤。如果打到眼睛上,后果不堪设想,后来大人们在各自家里强力镇压,这才将战争止住。

当年的玩具已失落于岁月的风尘,到如今都已是难寻难见,仿佛随着成长的岁月一同消散。我们男孩子,特别是乡下的男孩子,最喜欢的就是弹弓。

喜欢弹弓缘于打鸟。乡下鸟多,特别是在三十年前,更是鸟繁林密,于是弹弓就成了我们的必备之物。我曾经前前后后拥有过好几把弹弓,起初并没有,看着别的孩子拿着弹弓四处乱射,心里羡慕得要命,又苦于自己不会做,后来便花了一角钱在另一个孩子手里买了一把。那把弹弓并没有想象中好,玩儿了没有多久,就被拉断了。然后我决定自己动手做一个,便开始收集材料。

那种最简单的弹弓我并不想做,就是找一个树枝,留下丫杈部分为手柄,不美观且不结实。通常普通的弹弓都是用一根较粗的铁丝做手柄和分叉部分,那种铁丝我们叫八号线,看起来简单,可是真正要把铁丝弯成美观的形状,也并非易事。我用钳子弄了一小天，才做出比较满意的样式。最主要的部分除了手柄，再就是中间系着的弹力弓弦了，那时觉得最好的材料，就是当年最老式的点滴管，也就是打吊瓶的输液管，弹性好，结实不易断，射泥丸有力，且不怕淋湿。可是那东西很难弄到，通常都是用自行车里带。

把自行车里带剪成一定宽度和长度的两条，当然还要准备几个旧皮鞋的舌头，剪成一定大小，用做弹仓和弓弦与手柄连接部位的缓冲，这几部分都是用极细的铁丝捆绑固定。这样一来，一把精巧的弹弓就制作成功了。如果想精益求精，还可以在手柄上缠些细电线或者细铁丝什么的，这样看着好看且握起来舒服。

拿着自己制作的弹弓感觉就是不一样，也不知道多少只麻雀在我兴奋的心情中送了命。我们常常成群结伙地进入草甸深处或者树林中，围攻一些鸟儿。弹丸多是用泥制成，自己和一小堆泥，搓成大小适中的泥丸，晒干后就成了我们的子弹，那时都叫它们泥弹。那时村西有一个砖厂，有一次我们发现，用新出来的湿砖坯搓泥弹，晒干后极为坚硬。于是大家纷纷去偷湿砖坯，被人家好一通骂。

其实我们也不总是打鸟，也常常互相打架。我们村子很大，于是孩子们就自然分成东西两伙，有时在某个傍晚或夜里，就会发生弹弓激战。黑暗之中泥弹满天飞，很危险，总有孩子被打伤。如果打到眼睛上，那后果不堪设想，后来大人们在各自家里强力镇压，这才将战争止住。

我们虽然打很多种鸟，却唯独不打燕子，这可能是从小家里就告诫的结果。也许燕子与我们生活在同一屋檐下，就像我们家庭的一部分，所以，它们一直平平安安地栖飞。丧生于泥弹下最多的，可能就是麻雀了。那时麻雀已被平反，从"四害"中脱离，可是它们太多了，所以也就成了我们的目标。

有时候，我们在一起，会瞄准某个目标看谁射得准，于是，高高电线杆上的几个大喇叭就遭了殃，在一片悦耳的叮当声中，变得坑坑洼洼。当然也有失手的时候，有时一弹弓射出，泥弹不知飞向何处，若是听见"哗啦"一声，我们便会一哄而散，那定是打碎了谁家的窗玻璃。等叫骂声响起，我们早就跑得没了影儿。

想起一件更遥远的往事。那时我也就四五岁的年龄，刚刚记事。老叔正值少年，当时我们和爷爷家住在一起。老叔有一把极好的弹弓，我们那时虽然不知道怎么玩儿，却也总想拿来试试。可是老叔像对待宝贝一样，根本不让我们碰。白天他上学走了，就把弹弓挂在墙上很高的一个钉子上，我们干瞅着够不到，很着急。有一天，二姐搬来两个凳子，终于拿到了弹弓，我们玩过后，二姐用剪刀把弹弓给剪了。老叔放学回来，看到被剪断的弹弓，号啕大哭。

常常在某些时刻，用弹弓将泥弹远远地射出，然后看着泥弹飞出我的视线，不知消逝于何处，就会有一种短暂的失落。后来有一次，我用弹弓将我心爱的一个玻璃球射出，说不清是什么心理，就是想把它射出去，虽然很舍不得。看它飞远，看它消失，看它成为回忆。多年以后，曾经的无忧岁月，也如那些泥弹，如那个玻璃球，飞去无痕，只留下怀念与眷恋。

掸尽尘埃独自闲

如果它有生命的话,它就会在恬然间看窗外四季变换,看屋里人的变迁,不变的,只有被挥动时的尘埃无踪。

　　细细的竹竿常见,缤纷的鸡毛也常见,可是它们组合成的鸡毛掸子却越来越少见。而在我们的童年时期,鸡毛掸子却是每一家里极为常见常用之物。那时候有个谜语:"生在鸡家湾,嫁到竹家滩;向来爱干净,常逛灰家山",把鸡毛掸子说得很是生动有情趣,宛若童话。

　　长大后,明白了在这简单的鸡毛掸子上,还有许多科学道理存在,比如说用掸子掸尘很干净,其实是鸡毛轻摩产生静电,会吸附尘埃。而我的父辈我的乡亲们并不懂得这些道理,可他们却发现了这些用处,所以才会有那么多朴素而实用的工具出现。

　　鸡毛掸子大部分时间是闲置的,除了工作时,一般都是静默在那里,光阴的脚步惊不动它身上那些最细的绒毛。大多数人家的掸子都斜插在大镜子后面的空隙里,像是墙上开出的一朵特别的花。说起花,有一些条件较好的人家,把掸子插在人花瓶里,或者别的什么瓶子里,这几乎是他们柜盖上的固定摆设。鸡毛掸子就这样不知不觉间，成了屋里的一抹风景。如果它有生命的话，它就会在恬然间看窗外四季变换，看屋里人的变迁，不变的，只有被挥动时的尘埃无踪。

每一家的鸡毛掸子都不一样，因为都是自己制作的，所以各有千秋。有的做得粗糙，上面的鸡毛乱蓬蓬，有的则很精美。由于各家养的鸡毛色不一，有时一只鸡的毛不足以做一个掸子，便出现了掸子上颜色杂乱的现象。我在村里一户人家看过一个很美的掸子，把鸡毛的颜色分布得十分美观，顶层白色，下面依次为黄色、花色和黑色。我想，制作这样一个掸子的人，心里一定有着美好的希望。

掸子除了掸尘之外，有时也是我们小孩子的玩具，经常成为我们手里的刀剑，互相拼杀，斗得兴起，满屋鸡毛乱飞。于是接下来，掸子就有了另一个比较广泛的用途，而且是大人们用的，那就是打人。那个时候，哪家的男孩子没有被鸡毛掸子打过？大人们手握鸡毛，竹条做的柄抽打在我们屁股上，虽未尽力，却也是疼痛难忍。所以，和曾经的伙伴们一提起鸡毛掸子，首先想到的就是挨打，然后觉得身上某个部位有着特别的感受。

我记得有一年，村里的孩子们开始流行踢毽子，也都是自己制作。用几枚铜钱、几根鸡毛鸭毛或鹅毛，很容易就能做成。那时铜钱很多，鸡毛什么的似乎也不缺，在孩子们满院追逐鸡鸭过后，发现再难有翎毛脱落，此时便都不约而同地想到了鸡毛掸子。起初还小心地从密集处拔下来几根，可是每家孩子都多，每个人都拔，于是鸡毛掸子就变得很是有些不堪入目。结果，每家都有孩子被鸡毛掸子打得哭叫，至此，做毽子的热潮才悄然消退。

现在，在岁月走过了无数个四季后，偶尔也会在商店里看到鸡毛掸子，极精美，却再也无法与记忆中的印象重合，再也看不到尘埃在阳光下飞舞成密集的眷恋，也看不到各色的鸡毛幽幽地闪烁着迷人的光。当时光过后，过去的鸡毛掸子似乎彻底地闲了下来，在我无法碰触的角落。

可我知道，它一直在我心底，就像童年的那朵花，摇曳间，就拂尽了心上的尘埃，将回忆，将生命，都变得澄澈圣洁，一如那些遥远的岁月。

草帽挂在墙上

他们都戴着草帽,手里拿着烟袋或烟斗,腰里拴着装烟叶的小布口袋。他们似乎看不够这村庄,这大地。

午后,小睡的姥爷醒了。他没有马上起来,而是装了一烟斗的烟叶,摁紧,点燃,有滋有味地抽了一会儿后,满足地在炕沿下把烟灰磕尽,这才起身。他从小屋里出来,穿过外屋,伸手从墙上摘下草帽,扣在头上,开门走进七月的阳光。

于是墙上留下了一块圆圆的痕迹,那顶草帽长年挂在那里,它的邻居是一个圆盖帘,还有一把镰刀。它们陪伴着一堵土墙的寂寞,它们不在的时候,墙就更寂寞了。而此时,墙就是空荡荡地寂寞着。镰刀随着母亲去割猪草,圆盖帘正驮着一些土豆片在院子里和阳光相拥,草帽跟着姥爷在村里村外游走。

没有草帽的夏天会少了一种韵味,没有草帽的村庄就缺了一份情致。我和伙伴们在村里游荡的时候,总会遇见一些白头发或者白胡子的老人。他们都戴着草帽,手里拿着烟袋或烟斗,腰里拴着装烟叶的小布口袋。他们似乎看不够这村庄,这大地。有时候姥爷会和他们聚在一起,或在老树下,或在田间地头,一些古老的话题就在吞云吐雾间翻涌而出。他们摘下草帽在手里挥着，扑打着纷纷扬扬的阳光。

偶尔在姥爷午睡的时候，我会站在凳子上摘下草帽，戴在头上去外面走走。感觉草帽那么大，挡住了眼睛，像一把小伞阻隔着阳光的雨。只是戴着太不舒服了，也不能跑，也不能跳，所以很快对它失去了兴致。而且这顶草帽实在是太旧了，我还记得几年前它崭新的样子，和阳光一个颜色，散发着秋草的气息，只看着就让人神清气爽。而如今，它已被汗水和岁月渐渐染成了泥土的颜色，有着沉甸甸的重量。

农忙的时候，草帽吸收的汗水就更多了。傍晚姥爷回来的时候，会顺手把它挂在老杨树最低的那根枝上，让长长的风来凉爽一下被晒了一天的它。我想草帽此刻应该是惬意的，它轻轻地摇着，等天黑下来后，陪着它的，除了挂在树上的风，就是落在枝叶间的星星。只是，姥爷会把它拿回来，因为那堵寂寞的墙还在等着它。

有一个上午，姥爷习惯性地从墙上摘草帽时，却一下子闪了腰。为此他好几天没能出门，草帽也在墙上挂了好几天。不能跟随姥爷去熟悉的村庄大地看看，它也会是寂寞的吧？可是姥爷那几天却是真的寂寞了，不停地吸着烟斗。此时我才发现，姥爷是真的老了，就像墙上那顶草帽一样，脸也变成了泥土的颜色。大地上一个人的老去，这本就是一个寂寞的过程吧。

当姥爷的腰好了之后，又戴着草帽出去了，那一天他很高兴，不停地和问候他的老伙伴们说着话。回来后，在饭桌上讲着几天没出去，庄稼的各种变化。大地上的事情，姥爷是烂熟于心的，只是虽然年一复一年地重复着相似的过程，可是每一次重逢，他都会有着一种全新的欣喜。说着这些的时候，草帽在窗外的枝上摇晃着，倾洒出一些晚霞，如姥爷杯中的酒。

漫长的冬天来了，草帽便和墙壁长久地沉默相依，睡着长长的一觉。我想它应该和我一样，在一种盼望中，做着一个关于夏天的梦。